Diogenes Taschenbuch 24253

W0051709

Schieß los!

25 schnelle
Krimigeschichten

*Ausgewählt von
Daniel Kampa*

Diogenes

Nachweis am
Schluss des Bandes
Umschlagzeichnung von
Tomi Ungerer

Originalausgabe

Inhalt

Henning Mankell

Der Berufskiller

Der Novemberabend war kalt und klar. Ab und zu strich ein leichter Wind durch die verlassenen Straßen. Der Wartende kannte sich mit dem Sternenhimmel und den glitzernden Konstellationen über seinem Kopf aus und wusste daher, dass der Wind fast genau aus nördlicher Richtung kam. Bei jedem neuen Windstoß drückte er sich an die Hauswand und zog Kopf und Schultern ein. Der Herbst ging allmählich in den Winter über. Die Tage wurden kürzer. Er hatte die Kälte noch nie gut vertragen. Eine seiner frühesten Kindheitserinnerungen war, wie er einmal so jämmerlich gefroren hatte, dass ihn die Panik ergriff. Dieses Gefühl hatte ihn seither nie mehr verlassen. Obwohl er damals erst sieben oder acht Jahre alt gewesen war. Und jetzt war er über vierzig.

Er warf einen Blick auf seine Uhr, drückte auf die Zifferblattbeleuchtung. Viertel vor elf. Noch eine halbe Stunde, bis der Mann kommen würde. Der Mann, den er töten sollte.

Vielleicht bedeutete es ja, dass er allmählich alt wurde, dachte er. Dass er sich bei seinen Aufträgen neuerdings viel zu früh auf den Weg machte. Dabei war er gar nicht nervös. Glaubte auch nicht, dass etwas schiefgehen könnte. Dafür war er zu gut vorbereitet. Es war eher ein Ausdruck von Rastlosigkeit. Er war vierzig, schon alt. Die Zeit um ihn herum schrumpfte zusammen. Nachts träumte er oft von Uhren.

Ein Auto fuhr die Straße entlang. Er drückte sich dichter an die Hauswand. Da die Fassade dunkel war, hatte er sich eine schwarze Lederjacke angezogen. Sicher war er niemandem im Auto aufgefallen.

Er bereitete sich stets gründlich auf einen Auftrag vor. Die Farbe der Hauswände entschied, welche Kleider er trug. War mit Glätte zu rechnen, zog er Schuhe mit Profilsohle an. Es durfte ihm kein Fehler unterlaufen. Das war auch noch nie vorgekommen.

Er änderte seine Stellung und bewegte seine Füße, um warm zu bleiben. Er war vollkommen ruhig. Nichts würde schieflaufen. Dieses letzte Mal, dass er einen Menschen töten würde. Er würde sich zurückziehen. Alles war vorbereitet. Bereits übermorgen würde er mit TAP Air von Kopenhagen nach Portugal fliegen. Vorher würde er mit dem Auto nach

Malmö fahren und es dort verkaufen. Er fragte sich, ob er jemals nach Schweden zurückkehren würde. Er überlegte auch, ob er in dem Haus bleiben würde, das ihn in Estoril erwartete. Oder würde ihn seine Rastlosigkeit weitertreiben? Nach Brasilien vielleicht? Oder in irgendein afrikanisches Land?

Er lächelte im Dunkeln vor sich hin. Heute Abend würde er sich zur Ruhe setzen. Geld hatte er mehr als genug, um bis ans Ende seiner Tage bequem zu leben. Wozu er es verwenden würde, außer um seinen Aufenthalt in Portugal zu finanzieren, wusste er noch nicht. Aber eins stand fest: Er würde nicht zurückblicken. Fünfzehn Jahre hatte sein Schattendasein gewährt. Nun würde er seine letzten beiden Schüsse abgeben und dann verschwinden. Wie ein Schatten unter Schatten. Es gab nichts, woran er zurückdenken könnte. Weder Freude noch Leid, bloß diese Schatten.

Er sah wieder auf die Uhr. Die Zeiger rückten langsam vor. Er änderte seine Stellung, um nicht steif zu werden. Dann begann er nachzudenken. Wie immer. Das war fast schon ein Ritual. Darüber, auf wessen Seite er stand und weshalb er hier draußen in der eisigen Dunkelheit wartete.

Er war ein Auftragskiller. Kein Schuldeneintreiber, der Leuten einen Arm oder ein Bein brach, wenn die Drohungen nicht ausreichten. Er tötete Menschen gegen Bezahlung. Wenn die Prostitution das älteste Gewerbe der Frauen war, dann war der Meuchelmord das älteste der Männer.

In den Sechzigerjahren hatte man in Schweden begonnen, Berufskiller als Torpedos zu bezeichnen. Er persönlich fand, dass dieser Ausdruck von mangelnder Phantasie zeugte. Torpedos waren mechanische Waffen, die auf Schiffe abgefeuert wurden, um sie unter der Wasserlinie leckzuschlagen. Ein Mann mit schwarzer Lederjacke und einer Pistole in der Tasche war etwas anderes. Niemand drückte auf einen Knopf, wenn er einen Auftrag ausführen sollte. Ein menschlicher Torpedo war ein Widerspruch in sich.

Er sah nochmals auf die Uhr. Dann begann er, den geplanten Ablauf der Geschehnisse zu durchdenken. Wie gewöhnlich hatte er die Mitteilung postlagernd auf der Hauptpost erhalten. Der Wortlaut war immer derselbe. Eine Einladung zum Abendessen im Stallmästaregården. Dann ein Datum und eine Uhrzeit. Wenn er jede zweite Ziffer mit Ausnahme der letzten beiden ausließ, ergab sich eine Telefonnummer. Er hatte sie von einem Kartentelefon auf der Hamngatan aus angerufen. Der Mann am anderen Ende, jener Mann, den er niemals zu Gesicht bekommen hatte, obwohl er bereits seit über zehn Jahren für ihn arbeitete, hatte ihm mitgeteilt, wo er seine Anweisungen erhalten würde. Es waren immer neue Orte. Diesmal würden sie ihm mit einem Taxi überbracht werden. Er sollte vor dem Stadion am Valhallavägen mit einer braunen Aktentasche in der Hand warten. Das Taxi würde bereits bezahlt sein. Der Fahrer würde nach Alex fragen. Die Hälfte der vereinbarten Summe würde dann schon auf seinem Konto in Mailand liegen. Gleich nach Ausführung des Auftrags würde die Restsumme überwiesen werden. Ganz routinemäßig. Alles war wie geplant verlaufen. Das Taxi war gekommen, der Fahrer hatte gefragt, ob er Alex heiße, und er hatte seinen Brief erhalten. Ein Kontrollanruf nach Mailand hatte ihm bestätigt, dass noch am selben Tag zehntausend Dollar auf seinem Konto eingegangen waren. Wie immer war das Geld von einer deutschen Bank überwiesen worden. Er war in ein Café am Valhallavägen gegangen und hatte den Umschlag geöffnet. Darin hatten sich drei Fotos befunden, wovon mindestens eines ein vergrößerter Zeitungsausschnitt war, sowie alle weiteren Angaben, die er benötigte. Daraufhin hatte er eine Woche gebraucht, um sich vorzubereiten. Er hatte einen detaillierten Plan ausgearbeitet.

Der Mann, den er töten sollte, verließ seine Wohnung stets um acht Uhr morgens und kehrte nie früher als Viertel vor zwölf nachts zurück. Da er in einer Sackgasse wohnte, ließ er das Taxi stets an der Ecke halten. Er kam immer mit dem Taxi. Dann ging er die letzten fünfzig Meter zu Fuß nach Hause.

Die Planung der Operation hatte ihm keinerlei Mühe bereitet. Fünf Nächte hintereinander hatte er den Mann dabei beobachtet, wie er aus dem Taxi gestiegen und zur Haustür gegangen war, aufgeschlossen hatte und die halbe Treppe hinauf verschwunden war. Währenddessen hatte er selbst in einem Treppenhaus gestanden und ihn durch ein Nachtsichtgerät beobachtet. Er hatte zur Kenntnis genommen, dass er sich nie umsah und nie misstrauisch wirkte. Dann hatte er sich für diesen Abend entschieden. Nun sollte es geschehen. Es handelte sich um eine unproblematische Operation. Ein letzter Auftrag ohne Komplikationen.

Als er die Fotografien gesehen und den Namen des Mannes gelesen hatte, wusste er sofort, dass er von dieser Person noch nie etwas gehört hatte. Auch wenn er selten eine Zeitung aufschlug und fast nie die Nachrichten im Fernsehen anschaute, kam es ab und zu vor, dass er Menschen hinrichtete, die in irgendeiner Weise Teil des öffentlichen Lebens waren. Seine Taten hatten während der letzten Jahre schon oft für Schlagzeilen gesorgt. Dann hatte er stets die Zeitungen gelesen. Nicht dass er sich Sorgen gemacht hätte, es könne ihm jemand auf den

Fersen sein, vermuten, wer er sei. Oder dass er befürchtet hätte, einen Fehler begangen zu haben. Sondern um sich seine Unfehlbarkeit vor Augen zu führen. Er hinterließ wirklich keine Spuren. Ein spurloser, lautloser Schatten. Er wechselte seine Methoden wie seine Waffen. Nicht einmal der klügste Polizist hätte ein Muster erahnen können. In den Zeitungen wurde über ausländische Verbrecher und eingeschleuste Mörder gemutmaßt. Die Ermittlungen führten stets ins Nichts.

Aber damit war jetzt Schluss. Er sah wieder auf die Uhr. Bald halb zwölf. Der kalte Wind ließ ihn erzittern. Mit der rechten Hand tastete er nach der Waffe in der Außentasche seiner Lederjacke. Er spürte das kalte Eisen an seinen Fingerspitzen. Er benutzte nie Handschuhe. Die Waffen zerlegte er und warf die Einzelteile in verschiedene Gewässer. Er spähte auf die Straße. Lauschte. In dieser kalten Novembernacht hielt sich niemand ohne Not im Freien auf. Ein Stück entfernt konnte er den Schatten eines Mannes und einer Frau hinter einer Gardine erkennen. Irgendwo hinter sich glaubte er einen Fernseher zu vernehmen. Vielleicht bei einem einsamen alten Menschen mit schlechtem Gehör?

Bald war es vorbei. Und er würde es nicht vermissen. Er würde aber auch keine Erleichterung verspüren. Nur das Gefühl, dass es vorbei war.

Er dachte an das erste Mal. Wie ihm eine Waffe in die Hand gedrückt und ein Bündel Scheine in die Tasche geschoben worden war und man ihn angewiesen hatte, einen Abtrünnigen zu töten. Damals hatte er bereits den Glauben an die meisten Dinge im Leben verloren. Und nicht zuletzt den Glauben an sich selbst.

Das bisschen Glauben, das er einst besessen, hatte ihn bereits verlassen, als er dreizehn Jahre war. Damals hatte ihn seine Mutter rausgeworfen und ihm erklärt, sie wolle ihn nie wieder sehen. Sie war sehr betrunken gewesen, und er konnte sich noch gut daran erinnern, was er gedacht hatte. Dass sie es gar nicht so meinte. Obwohl er sich danach richten musste.

Seinem Vater war er nie begegnet. Das Einzige, was er von ihm gesehen hatte, war eine abgegriffene, verblichene Fotografie gewesen, die seine Mutter wiederholte Male in einem Anfall von Raserei zerrissen und dann wieder zusammengeklebt hatte. Er hatte sie in ihrer Schublade gefunden, als er nach Geld für einen Kinobesuch gesucht hatte. Er hatte sie nie gefragt. Aber es trotzdem gewusst. Das war sein Vater. Mit zerrissenem und geflicktem Gesicht. Als sie ihm die Tür vor der Nase zugeschlagen hatte, da hatte er sich einfach umgedreht und war die Treppe hinuntergegangen. Er hatte die Scheibe in der Haustür zerschlagen und war davongerannt. Sie hatten im Süden der Stadt gewohnt. Er war zu einem Parkplatz in der Nähe gegangen und hatte ein Auto gestohlen. Nach ein paar Kilometern war er geradewegs in einen Laternenpfahl gefahren. Sein letztes Fünkchen Selbstvertrauen war schon damals nur noch eine schwache Erinnerung. Die Tür schlug vor seiner Nase zu. Seine Mutter hatte es nicht so gemeint. Aber er war trotzdem gegangen. Um nie zurückzukehren.

Die folgenden Jahre verschwammen in einem endlosen Nebel. Er hatte in diversen Pflegefamilien und Jugendheimen gelebt. Allen Menschen, denen er in diesem Nebel begegnet war, schien eine Tür vor der Nase zugeknallt worden zu sein. Er hatte eingesehen, dass dieser Nebel seine Welt geworden war. Eine andere gab es nicht. Jedenfalls nicht für ihn. Seinen neunzehnten Geburtstag hatte er gefeiert, indem er mit zwei Kumpanen eine Bank überfallen hatte. Obwohl sie ziemlich betrunken gewesen waren, hatten sie vor Nervosität gezittert, als sie in die Schalterhalle getorkelt waren. Ein Kunde hatte geschrien. Und er hatte geschossen.

Später, nachdem man ihn erwischt hatte, war ihm klar geworden, dass der Mensch, auf den er geschossen hatte, tot war. Da war es, als sei der Nebel noch dichter geworden. Er hatte einen Selbstmordversuch unternommen, was ihm beinahe gelungen war, und notgedrungen war er ins Leben und in den Nebel zurückgekehrt.

Viele Jahre später hatte er seinen ersten Anruf von dem Mann erhalten, der ihn von da an über all die Jahre mit Aufträgen versehen hatte. Damals war es um einen Drogenhändler gegangen, der sich auf Geschäfte mit Jugendlichen an Schulen in ganz Schweden spezialisiert hatte. Dieser war mit der Bezahlung seines Lieferanten in Verzug geraten und hatte überdies nicht korrekt abgerechnet. Er hatte den Auftrag vor allem wegen der Sache mit den Drogen für Schulkinder angenommen. Wer sich mit so was abgab, hatte es kaum verdient zu leben. So hatte er damals gedacht, und so dachte er heute noch. Alles war problemlos verlaufen. An einem schönen Frühlingsabend hatte er den Drogenhändler vor seinem Sommerhaus bei Trosa erschossen. Als die Schüsse fielen, war der Kuckuck einen Moment lang verstummt. Dann hatte er den Toten in einer Meeresbucht versenkt. Er war nie an die Oberfläche getrieben und nie in einem Netz hängen geblieben. Und er selbst hatte fünfundzwanzigtausend Dollar für seine Bemühungen kassiert.

Aber jetzt war es bald vorbei. Er sah wieder auf die Uhr. Der Zeitpunkt rückte näher. Alles lief nach Plan.

Doch irgendetwas beunruhigte ihn plötzlich. Er runzelte die Stirn. Das Gefühl war aus dem Nichts aufgetaucht.

Irgendetwas stimmte nicht.

Er stand reglos da. Alles war still. Die Straße war leer. Es kommt von innen, sagte er sich. Die Unruhe kommt von innen.

Er rekapitulierte. Das Telefongespräch, das Taxi vor dem Stadion. Wie er den Umschlag mit den Fotos geöffnet hatte, die notwendigen Angaben zur Person des zukünftigen Opfers gelesen hatte. Das Geld war auf das Konto in Mailand eingegangen.

Nichts war ungewöhnlich oder verdächtig gewesen.

Er hielt den Atem an. Verlor er jetzt den Überblick, dann war es höchste Zeit für den Ruhestand. Oder wurde er tatsächlich nervös? Jetzt, wo bald alles vorbei war? Er wusste, dass dem nicht so war. Doch die Unruhe verließ ihn nicht.

Er sah wieder auf die Uhr. Der Zeitpunkt rückte näher. Bald würde das Taxi kommen.

Er konnte sich diese Unruhe einfach nicht erklären. Aber er konnte auch nicht von ihr absehen. Er verließ sich auf seinen Instinkt.

Irgendetwas stimmte einfach nicht.

Fieberhaft dachte er nach. Die Unruhe, die er verspürte, war eine Warnung und nichts anderes. Aber eine Warnung wovor? Was konnte schon passieren? Die Voraussetzungen waren geradezu ideal. Während dieser Woche, in der er den Mann, den er töten sollte, und dessen Gewohnheiten beobachtete, hatte er mehrmals gedacht, dass die Umstände fast zu günstig seien. Dass er stets so spät unterwegs war. Dass er das Taxi halten ließ und das letzte Stück zu Fuß ging. Dass die Straße so ruhig war, ohne Restaurants und nächtliche Spaziergänger mit Hunden. Außerdem gab es einen günstigen Fluchtweg. Das Auto hatte er in einer Querstraße geparkt. In weniger als einer Minute würde er von dort zu einer der Hauptverkehrsadern der Stadt gelangen. Alles schien geradezu perfekt. Selbst die Lampe über der Haustür leuchtete ungewöhnlich hell. Er würde sein Ziel nicht verfehlen.

Langsam schüttelte er den Kopf. Es gab keinen Grund zur Unruhe. Trotzdem verließ sie ihn nicht. Sie nahm sogar noch zu. Auf einmal schwitzte er. Ich übersehe da was, dachte er fieberhaft.

Plötzlich schoss ihm ein Gedanke durch den Kopf. Irgendetwas, woran er kürzlich gedacht hatte. Und was ihm wieder entglitten war. Was ihn hätte aufmerken lassen müssen.

In dem Moment hörte er, wie sich ein Auto näherte. Er wusste sofort, es war das Taxi. Er zog die Pistole aus der Tasche und entsicherte sie. Alles wird nach Plan verlaufen, redete er sich gut zu. Ich bilde mir da was ein. In ein paar Minuten bin ich im Ruhestand, und mir kann alles egal sein.

Aber er wusste, dass es nicht stimmte. Seine inneren Alarmglocken schrillten nun in voller Lautstärke.

Er versuchte, den entschwundenen Gedanken wieder aufzugreifen. Gleichzeitig traf er seine Vorbereitungen für das, was gleich geschehen würde.

Das Taxi hielt.

Der Mann, der immer hinten saß, stieg aus.

Er umklammerte die Pistole.

Alles läuft wie geschmiert, dachte er. Er verhält sich wie immer. Geht gemächlich, überquert die Straße, sucht nach den Schlüsseln. Sobald er mir den Rücken zukehrt, überquere ich die Straße in fünf Schritten. Zwei Schüsse in den Kopf. Dann ist es vorbei.

Der Mann hatte nun fast die Haustür erreicht. Eine Hand steckte bereits in der Tasche und tastete nach den Schlüsseln. Er blieb mit dem Rücken zu ihm stehen.

Alles läuft nach Plan, dachte er. Alles läuft bestens.

Beim ersten Schritt auf die Straße fiel ihm ein, woran er gedacht hatte.

Die Umstände waren fast zu günstig.

Innerhalb einer schwindelerregenden Sekunde wurde ihm alles klar. Aber da war es schon zu spät.

Nicht er hatte einen Plan ausgearbeitet.

Sondern jemand anderes.

Der Mann wandte ihm den Rücken zu. Aber er machte sich nicht am Türschloss zu schaffen. Er stand einfach nur da.

In diesem Moment sah er ein, dass er geradewegs in eine Falle gelaufen war. Eine Falle, die gleich zuschnappen würde.

Obwohl er wusste, dass es zu spät war, warf er sich herum. Noch während er sich drehte, traf der Schuss seinen Kopf. Er bekam den Täter nie zu Gesicht. Bevor er auf die Straße fiel, war er schon tot.

Der Mann vor der Haustür drehte sich nicht um. Er betrat das Haus, fuhr mit dem Lift in den vierten Stock, zog seine Kleider aus und den Schlafanzug an und rief dann die Polizei an. Er hatte bereits sich nähernde Polizeisirenen gehört. In der Telefonzentrale der Polizei teilte man ihm mit, sie hätten schon von dem Vorfall erfahren. Mehrere Personen hätten Schüsse gehört und angerufen. Er legte auf, trat ans Fenster und sah auf die Straße hinunter. Er hatte das Licht angemacht, sodass er deutlich zu sehen war.

Der Mann, der geschossen hatte, war natürlich längst verschwunden.

Er blieb am Fenster stehen. Als es an seiner Tür klingelte, war er gewappnet. Ein Polizist hatte ihn am Fenster gesehen und wollte nun wissen, ob er etwas gesehen habe.

Das habe er nicht. Er habe geschlafen. Und sei von etwas erwacht, das wie ein Schuss geklungen habe. Daraufhin habe er die Polizei angerufen.

Man notierte sich seinen Namen und entschuldigte sich für die Störung.

Als er wieder allein war, legte er sich ins Bett.

Alles war nach Plan verlaufen.

Keiner der Männer, die seine Aufträge ausführten, durfte sich zur Ruhe setzen. Sie konnten zur Gefahr werden. Man konnte nie wissen, wie viel Informationen ein Mensch angehäuft hatte.

Er selbst hatte genug Zeit gehabt zu ergründen, wie der nun Verstorbene seine Aufträge auszuführen pflegte.

Es war wie erwartet verlaufen. Jeden Abend, als er nach Hause kam, hatte er den Mann auf seinem Beobachtungsposten gesehen.

Dieser war geradewegs in den Plan hineinspaziert, von dem er annahm, dass er ihn selber ausgearbeitet hatte.

Und jetzt war er tot.

Bevor er einschlief, überlegte er noch kurz, was wohl mit dem Geld auf dem Konto in Mailand geschehen werde.

Aber er schob den Gedanken von sich. Schließlich war das nicht sein Problem.

Sein Problem – dass einer seiner Torpedos den Ruhestand hatte antreten wollen – war nun gelöst.

Bald schon schlief er ein.

Die Novembernacht war kalt und klar.

Der Wind kam von Norden. Die Böen strichen durch die Straßen.

Der Winter nahte.

Ingrid Noll

Nasentropfen

Es regnet. An den dicken Eisenstäben vor meiner kleinen Zellenluke perlt das Wasser unermüdlich herunter. Ich singe: »Nasentropfen, die an mein Fenster klopfen …«

An die Nacht, in der das Unheil begann, kann ich mich genau erinnern. Wir waren gerade eingeschlafen, als das Telefon klingelte und ich dringend ins Krankenhaus gerufen wurde. Nun, das kommt vor, im Allgemeinen schlummere ich zwei Stunden später bereits wieder friedlich weiter.

Beim Einschlafen pflegte ich auf der rechten Seite zu liegen, meine Frau im Übrigen auch. Meine Gedanken kreisten noch um den perforierten Blinddarm, als ich von einem zugigen Lüftchen angefächelt wurde. Hilde schlief sowohl auf der falschen Seite als auch mit einer verblüffend neuen Atemtechnik. Schnarchen konnte man es nicht direkt nennen, es handelte sich um ein aufdringliches »Püü-Haa«. Nur wenige Minuten konnte ich es ertragen. Ich stieß sie an, sie drehte sich weg, der Spuk war zu Ende.

In der nächsten Nacht fuhr mir ein Sturmwind ins Gesicht, das »Püü« und »Haa« ging in ein ratzendes Sägen über. Das Weib wendete sich nicht mehr gehorsam ab, sondern wirkte unverdrossen auf meinen Herzinfarkt hin – die häufigste Todesursache bei Ärzten.

Eine nächtliche Bettflucht war unmöglich. Bei meinem Sohn mochte ich nicht um Asyl nachsuchen, seine Socken und Turnschuhe belästigten ein anderes meiner empfindlichen Sinnesorgane. Bei der Tochter ging es schon aus Gründen des Anstands nicht.

Nach schlaflosen Nächten, heftigen ehelichen Auseinandersetzungen und Drohungen beriet ich mich mit einem Kollegen. Er empfahl Nasentropfen. Bereits am nämlichen Abend zwang ich Hilde, das Medikament zu nehmen. Mit Erfolg: Die Nasenatmung funktionierte wieder.

Wenn ich gedacht hatte, das Problem sei hiermit gelöst, so irrte ich. Anfangs nahm meine Frau die Tropfen mit künstlichem Eifer. Als echte Schlampe vergaß sie ihre Pflicht aber schon nach wenigen Tagen und begann wieder zu schnarchen, grauenhafter denn je. Sie musste von mir gerüttelt, gerügt, ja gewaltsam beträufelt werden.

Dann begann sie mit diesen Ausflügen. Einmal im Monat besuchte sie ihre Freundin in der Stadt und übernachtete dort, obwohl man in zehn Minuten wieder zu Hause sein konnte. Diese Extravaganz bezeichnete sie als ihr gutes Recht. Niederträchtigerweise vergaß sie nie, die Tropfen in den Kulturbeutel zu packen. Bei meinen abendlichen Kontrollanrufen meldete sich niemand, selbst um drei Uhr nachts wurde der Hörer nicht abgenommen.

Sicherlich betrog sie mich. Bei mir wurde auf Teufel komm raus geschnarcht, mein Nebenbuhler dagegen durch lautlosen Schlaf beglückt. Insofern war es nicht verwunderlich, dass ich mich auf Hildes Geburtstagsfeier in ihre sanfte Freundin Sonja verliebte.

Kurz darauf reifte der geniale Plan, mich meiner Frau zu entledigen, ein für alle Mal. Vom Anästhesisten entwendete ich ein starkes Muskelrelaxans, das als Narkosemittel in flüssiger Form verfügbar war. Als Hilde erneut den Koffer packte, leerte ich die Nasentropfen aus dem Fläschchen, füllte es mit der gestohlenen Injektionslösung und legte das Überraschungsei in ihre Toilettentasche zurück, nicht ohne einen Markierungspunkt angebracht zu haben. Ich rechnete mit einem nächtlichen Atemstillstand und einem grauenhaften Schock ihres Lovers. Aber meine Frau kam gesund nach Hause.

In meiner Verzweiflung beschloss ich, Gleiches mit Gleichem zu vergelten. Am folgenden Samstag fuhr ich zu Sonja und blieb die ganze Nacht bei ihr. Wenn Hilde schon nicht sterben wollte, so sollte sie in Zukunft zumindest leiden wie ich.

Nach der Liebe schlief ich wie ein junger Gott. Sonja war, trotz einer Erkältung, selbst im Schlaf ein Muster an Disziplin.

Als ich meine Liebste wachküssen wollte, war sie starr und kalt. Auf ihrem Nachttisch standen Hildes Nasentropfen.

Donna Leon

Iss nur, das tut dir gut!

Luisa Scarpa stellte die Teller auf den Tisch, nahm gegenüber ihrem Mann Platz und lächelte in seine tief liegenden Augen. Zwischen ihnen stand in seiner ganzen Reichhaltigkeit der erste Gang ihrer Mahlzeit: zwei Teller *spaghetti alla carbonara*, der eine vollgehäuft, der andere eher bescheiden. Die Eiernudeln, die sie am Nachmittag so umsichtig selbst gemacht hatte, glänzten buttergelb, und eine dicke Haube aus frisch geriebenem Parmesan krönte seine Portion. Carlo stopfte sich die Serviette in den Kragen und klemmte sie mit seinem schweren Doppelkinn fest. Er nahm die Gabel, ein Kinderspielzeug in seiner riesigen Hand, und grub sie in die Pasta. Langsam wickelte er die fettigen Stränge auf, bis die Gabel nichts mehr fasste, dann spießte er noch zwei Scheiben *pancetta* auf die Zinken. Er schob die Gabel mit dem Bauchspeck in den Mund, zog sie wieder heraus, kaute einmal, zweimal und schluckte. Diese Prozedur wiederholte er, bis sein Teller fast leer war, worauf er die Gabel beiseitelegte und ein Glas Rotwein trank. Er stellte das leere Glas ab, griff wieder zur Gabel und aß die Pasta mit drei weiteren Bissen auf. Dann nahm er sich ein Stück Brot, brach es entzwei und wischte seinen Teller sauber. Sie füllte sein Glas nach. Luisa saß zurückgelehnt und sah ihm zu, nur hin und wieder führte sie ein paar Spaghetti zum Mund. Als sie sah, dass Carlo fertig war, stand sie rasch auf. »Möchtest du noch etwas, *caro*?«, fragte sie und hatte seinen Teller schon in der Hand.

Mit einem Grunzen griff er nach dem verbliebenen Stück Brot und lehnte sich zurück, um es zu essen. Sein Bauch hielt ihn auf Abstand von der Tischkante.

Luisa trug seinen Teller zum Herd; wochentags aßen sie immer in der Küche, das Esszimmer benutzten sie nur sonntags, wenn seine Kinder zum Abendessen kamen. Es war noch eine gute Portion Pasta in der Keramikschale, die sie im Ofen warmgestellt hatte. Carlo hasste kalte Pasta. Das hatte er ihr gleich in der ersten Woche ihrer Ehe klargemacht, nachdem er sie in sein Heim, ihrer beider Heim, geholt hatte. Sie hatte vieles über Carlos Essvorlieben lernen müssen, alles, was seine erste Frau für ihn gemacht hatte: wie man die Krabben in Eierteig tauchte, damit sie gebraten schön zart waren; wie man die Strandschnecken gründlich säuberte, um den

Sand herauszubekommen; wie man Aale bei lebendigem Leib häutete, indem man sie mit Kopf und Schwanz auf das große Schneidbrett links neben der Spüle heftete. Sie hatte das alles gelernt, nur um ihrem Mann zu gefallen.

Sie kam mit einer zweiten Portion zurück, so groß wie die erste. »Meinst du, dass du das noch schaffst, Carlo?« Sie wusste, wie er es hasste, Essen wegzuwerfen, ein Überbleibsel aus seinen Hungerjahren im Krieg. Er warf einen Blick zu ihrem Teller hinüber, der noch halb voll war. »Nein, mir genügt das«, sagte sie und blieb mit dem Teller in der Hand stehen. »Iss du nur den Rest. Es wäre eine Sünde, ihn wegzutun.«

Er nickte und klopfte mit der Gabel auf den leeren Platz vor ihm. Sie stellte ihm den Teller hin und holte das Schälchen Parmesan. Sie streute einen großen Löffel voll über seine Nudeln und, als er nickte, noch einen. Mit einer Seitwärtsbewegung seiner Gabel winkte er ihre Hand fort und begann zu essen.

Luisa ging an ihren Platz zurück und machte sich wieder an ihre Spaghetti, die inzwischen kalt waren, aber sie überwand sich, alles aufzuessen. Dabei richtete sie es so ein, dass sie zugleich mit Carlo fertig war. Wieder wischte er seinen Teller sorgfältig sauber und ließ sich nach hinten sinken, um das Brot zu essen.

Sie schenkte ihm Wein nach, brachte die Teller zur Spüle und stellte sie so leise wie möglich ab. Carlo konnte Tellerklappern nicht leiden und hatte ihr gesagt, dass seine erste Frau in der Küche immer sehr leise gearbeitet habe.

»Ich habe *cotechino* gemacht«, sagte Luisa und hob den Deckel von einer großen Kasserolle. Er hatte sich zwar gegrillten Fisch oder Hähnchenbrust gewünscht, aber sie wusste, wie sehr er ihre Schlackwurst liebte. Der Duft der siedenden Wurst entstieg der fetten Brühe und erfüllte die Küche. »Mit *purè di patate*«, fügte sie hinzu. »Ich weiß doch, wie gern du Kartoffelpüree magst.« Sie warf einen Blick zu ihm hinüber, und er nickte. »Dazu Linsen mit Speck«, sagte sie noch, denn sie wusste, dass dies eines seiner Lieblingsgerichte war, besonders wenn sie diesen ganz besonders fetten *pancetta* hineintat, den sie drüben in Castello bekam.

Er trank seinen Wein und goss sich das Glas wieder voll; ihres stand noch unberührt neben ihrem Teller. Er beachtete das nicht. Luisa nahm eine vorgewärmte Platte aus dem Backofen und legte die dampfende Wurst darauf. Von der Butter auf einem Teller neben dem Herd schnitt sie ein dickes Stück ab und ließ es in den Topf mit dem Kartoffelpüree gleiten, rührte mit einem großen Löffel darin herum, bis es sich aufgelöst hatte, und umlegte die Wurst auf der Platte liebevoll mit dem Püree. Sie stellte die Platte links neben seinen Platz, ging zum Herd zurück und schüttete die Linsen in eine Keramikschüssel. Carlo fand, es gehöre sich nicht, Essen gleich aus dem Topf zu servieren, das täten nur Bauern, seine Frau jedenfalls nicht. Er meinte natürlich seine erste Frau, aber Luisa hatte gelernt, es ebenfalls nicht zu tun.

Schnell kam sie wieder an den Tisch, bevor die Wurst abkühlen konnte, und schnitt drei Scheiben davon ab, dicker als das Brot. Sie legte sie auf Carlos Teller, häufte Kartoffelpüree rechts daneben und ging wieder zum Herd, um die Butter zu holen. Als er nickte, tat sie ihm ein Stück davon auf die Kartoffeln. Es war noch Platz auf dem Teller, und den füllte sie mit ein Paar Löffeln von den Linsen und natürlich auch dem Speck, den sie darin mitgekocht hatte, damit er ihnen diesen rauchigen Geschmack gab, den er so liebte.

Während sie sich auch etwas auf ihren Teller tat, begann Carlo, ohne noch an den gegrillten Fisch zu denken, bereits zu essen, teilte mit der Gabel die zarten Wurststücke, spießte eines nach dem anderen auf und zog sie so lange durch den Kartoffelbrei, bis sie ganz damit umhüllt waren. Luisa holte die zweite Flasche Wein, die schon geöffnet hinter ihr stand, und tauschte sie gegen die leere auf dem Tisch.

Sie nahm ihren Platz wieder ein und stach ihre Gabel in die Wurst. Ja, sie war zart, wahrscheinlich, weil sie die fetteste Sorte verlangt hatte, die aus dem Friaul, sagte der Fleischer, wo sie angeblich die besten Schweine haben. Als sie zu Carlo hinübersah, war er mit der Wurst und dem Kartoffelbrei schon fertig, schob sich gerade die letzten Linsen in den Mund und spülte mit einem Glas Wein nach. Sie stand auf und schnitt ihm noch zwei dicke Scheiben *cotechino* ab, neben die sie wieder Kartoffelpüree häufte. Nachdem sie Butter dazugetan hatte, griff sie nach der Schüssel mit den Linsen, aber er schüttelte den Kopf, also ließ sie die Schüssel stehen und aß weiter.

Wieder richtete sie es so ein, dass sie zusammen mit ihm fertig war, und stellte die Teller geräuschlos in die Spüle. Sie sah Carlo zur Uhr schauen und dann nach der Fernbedienung greifen. Er drückte mit dem Zeigefinger darauf, und ihm gegenüber erwachte Lili Gruber zum Leben und präsentierte ihnen die Abendnachrichten.

»Ich habe diese Cremetorte gebacken, die du so gern isst, Carlo«, sagte Luisa. »Möchtest du ein Stück?« Im ersten Moment dachte sie schon, er wolle ablehnen. »Ausnahmsweise«, nötigte sie ihn, »*mangia, mangia, che ti fa bene*. Iss nur zu, das tut dir gut.«

Er sah leicht verwundert zu ihr auf, dann zu Lili, wie um sie zu fragen, ob er ein Stück essen dürfe. Lili nickte ganz kurz; Carlo ebenso. Luisa nahm die Torte aus dem Kühlschrank, stellte sie leise auf den Tresen und schnitt ein Stück ab. Sie begutachtete die Größe, nahm einen zweiten Teller und schnitt ein größeres Stück ab, um es Carlo zu bringen; das kleinere behielt sie für sich.

Den Blick auf Lili und die Bombardierung einer bosnischen Kleinstadt gerichtet, verdrückte Carlo seine Torte. Sie wagte nicht zu fragen, ob er ein zweites Stück wolle. Als sie ihres gegessen hatte, ging sie an den Herd und zündete das Gas unter der Espressokanne an. Dabei blieb sie mit dem Rücken zu den beiden stehen. Lili redete weiter, jetzt über Afrika; welches Land, hatte Luisa nicht mitbekommen.

Als der Kaffee aufkochte, goss Luisa ihn in zwei kleine Tässchen und brachte sie zum Tisch. Der Zucker stand schon da, und Carlo tat sich zwei gehäufte Löffel in seine Tasse. Luisa hatte auch die Grappaflasche mitgebracht und dabei gesehen, dass es Zeit war, eine neue zu besorgen. Sie schob sie Carlo hin und setzte sich. Er goss einen Schuss Grappa in seinen Kaffee und trank die Tasse in einem Zug leer.

Er zog die Serviette aus dem Kragen und warf

sie über einen Sahneklecks, der von der Torte übrig geblieben war. Sie war schon aufgestanden, als er, ohne den Blick vom Fernseher zu wenden, »meine Pillen« sagte.

Sie nahm die Arzneifläschchen von dem runden Silbertablett auf dem Kühlschrank, wo sie immer standen. Sie stellte sie vor ihn hin und sah zu, wie er zuerst das eine öffnete, dann die anderen. Er schüttete sich die Pillen auf die Hand, zwei rote, eine weiße und drei blaue. Bevor er danach verlangen konnte, hatte sie ihm schon ein Glas Mineralwasser eingegossen, ohne Kohlensäure und zimmerwarm, wie er es liebte, und stellte es ihm hin. Er steckte sich die Pillen in den Mund, spülte sie mit dem Wasser hinunter und stellte das Glas vor sich auf dem Tisch ab.

Carlo schob sich vom Tisch weg, erhob sich und ging, ohne den Fernseher auszuschalten, ins Wohnzimmer, wo er sich in seinem Sessel niederließ und mit der Fernbedienung den anderen Apparat einschaltete. Lili verlas immer noch schlechte Nachrichten.

Luisa steckte den Stöpsel in den Ausguss und ließ heißes Wasser einlaufen. Morgen gibt es *penne* mit Sahne und *parmigiano*, dachte sie, und danach den Aal. Und *tiramisù*, Carlo liebte *tiramisù*. Irgendwann in nächster Zeit, nach dem Mittag- oder

Abendessen, würde auch sie mit Bestimmtheit etwas zu vermelden haben, aber für Lili Grubers Nachrichten würde es kein Thema sein.

Friedrich Dürrenmatt

Ein moderner Tell

Er ist ein Handlungsreisender einer Fabrik für Küchengeräte. In seinem Dorf finden jährlich Tellfestspiele statt, wobei er den Wilhelm Tell spielt und sich dazu einen Bart wachsen lässt, so dass er wie Hodlers Tell aussieht. Nach der letzten Aufführung wird eine Nacht durchgefeiert. Unausgeschlafen muss der Handlungsreisende mit seinem Opel, eine neue Fruchtpresse in den Handel zu bringen, nach Italien reisen. Übermüdet wie er ist, überfährt er gegen Abend, kurz bevor er an seinem Bestimmungsort angekommen ist, mitten auf dem Marktplatz eines Städtchens einen Mann. Er sieht, kurz am Steuer eingenickt, noch ein wütendes, fleischiges, hochrotes Gesicht unter der Motorhaube verschwinden, ein mächtiges Rumpeln, eine erstarrte Menschenmasse, er gibt Gas und fährt durch auseinanderstiebende Menschen davon, hält in der nächsten Stadt, seinem Bestimmungsort, parkt vor dem Hotel, wo er immer absteigt, wirft sich in seinem Zimmer aufs Bett und schläft ein. Am nächsten Morgen erst wird ihm bewusst, dass er einen Menschen überfahren und Fahrerflucht begangen hat. Er wartet auf die Polizei. Niemand kommt. Er geht seinen Geschäften nach. Für die Fruchtpresse interessiert sich niemand. Die Polizei kommt immer noch nicht. Am Abend könnte er weiterreisen. Er bleibt. Die Polizei kommt immer noch nicht. Er bleibt auch am nächsten Tag. Nichts. Die Fahrerflucht scheint geglückt, aber am dritten Tag kehrt er ins Städtchen zurück. Er gerät in eine große Beerdigung, hält an. Er fragt, wer beerdigt werde? Der Bürgermeister. Wie er gestorben sei? Von einem Auto überfahren. Er schließt sich dem Trauerzug an. Eine offenbar noch sehr junge, aber tiefverschleierte Witwe. Ihm ist, als werde er von allen Seiten aufmerksam beobachtet, als könnte sich die Menge jederzeit auf ihn stürzen. Vor seinem Auto steht ein Polizist. Er weicht in eine Gasse zurück. Kinder folgen ihm. Dann ein Mann, immer mehr. Die Nacht bricht an. Jemand klammert sich an ihn, eine junge Frau. Sie sei die Witwe, flüstert sie, zieht ihn in ihr Haus. »Danke«, sagt sie immer wieder, »danke«, bewirtet ihn, geht mit ihm ins Bett. Frühmorgens schleicht er sich aus dem Haus. Auf dem Marktplatz steht sein Auto. Er setzt sich hinters Steuer, will starten. Da kommen aus allen Häusern und Gassen Menschen, Männer, Weiber, Kinder. *Molte grazie, grazie infinite.* Er hat das Dorf von einem Tyrannen befreit. Mit Geschenken überhäuft, den Wagen voller Salami, Chianti, Parmaschinken, blumenbekränzt, fährt er zum Städtchen hinaus.

Javier Marías

Sonntag mit Fleisch

Wir waren im Hotel de Londres abgestiegen, und während der ersten vierundzwanzig Stunden in der Stadt hatten wir das Zimmer nicht verlassen, wir waren nur auf die Terrasse hinausgetreten, um von dort aus die Bucht La Concha zu sehen, zu voll, um einen erfreulichen Anblick zu bieten. Angenehm ist nur, was nicht massig, was unterscheidbar ist, und dort konnte man unmöglich mit dem Blick auf jemandem verweilen, trotz des Fernglases, ein Übermaß an Fleisch ebnet ein und macht gleich. Wir hatten es mitgenommen, falls wir an einem Sonntag nach Lasarte gehen würden, zur Pferderennbahn, es gibt nicht viel zu tun in San Sebastián an den Sonntagen im August, wir würden drei Wochen da sein, unser Urlaub, vier Sonntage, aber drei Wochen, denn jener zweite Tag unseres Aufenthalts war ein Sonntag, und wir würden an einem Montag abreisen.

Ich trat mehr hinaus als meine Frau, Luisa, immer mit dem Fernglas in der Hand, oder besser gesagt, um den Hals gehängt, damit es mir nicht entgleiten und von der Terrasse hinunterfallen und zerbrechen konnte. Ich versuchte, jemanden am Strand auszumachen, jemanden auszuwählen, aber es gab zu viele Menschen, um irgendeinem treu zu sein, ich machte Schwenks mit der Naheinstellung, sah Hunderte von Kindern, Dutzende von Dicken, ebenso viele junge Mädchen (keine mit bloßen Brüsten, in San Sebastián ist das noch selten), junges und reifes und altes Fleisch, Kinderfleisch, das noch kein Fleisch ist, Mutterfleisch, das dagegen am meisten Fleisch ist, weil es sich bereits reproduziert hat. Schon bald wurde ich es leid zu schauen und kehrte zum Bett zurück, wo Luisa ruhte, ich gab ihr ein paar Küsse, dann kehrte ich zur Terrasse zurück und schaute abermals durch das Fernglas. Vielleicht langweilte ich mich, und deshalb war ich ein wenig neidisch, als ich sah, dass zwei Zimmer weiter, zu meiner Rechten, ein Mann stand, der, ebenfalls mit einem Fernglas, dieses fest auf irgendeinen interessanten Punkt gerichtet hielt und es erst nach einer ganzen Weile sinken ließ und es nicht bewegte, solange er schaute; er hielt es vor die Augen, reglos, ein paar Minuten lang, dann ließ er den Arm ausruhen, und nach kurzer Zeit hob er ihn wieder, immer in der gleichen Position, er wich nicht im mindesten ab von seiner Blickrichtung. Er war nicht hinausgetreten, im Gegenteil, er beobachtete vom Innern des Zimmers her, und deshalb konnte ich nur seinen behaarten Arm sehen, wohin, wohin genau schaute er wohl, fragte ich mich voll Neid, ich wollte meinen Blick gern fest auf etwas richten, nur dann ruht man wirklich aus und verknüpft Interesse mit dem, was man betrachtet, ich machte nur Schwenks, Fleisch und noch mehr Fleisch, das nicht als Einzelnes hervortrat, wenn wir schließlich das Zimmer verlassen würden, Luisa und ich, und zum Strand hinuntergingen (wir warteten ab, dass er ein wenig leerer wurde, voraussichtlich zur Zeit des Mittagessens), wären auch wir Teil des Konglomerats aus Fleisch, das aus der Ferne identisch war, unsere erkennbaren Körper würden untergehen in der Gleichförmigkeit, die der Sand und das Wasser und die Badekleidung schaffen, vor allem die Badekleidung. Und jener Mann zu meiner Rechten würde uns nicht wahrnehmen, niemand, der von oben schaute – wie er und ich es taten –, würde uns wahrnehmen, wären wir erst einmal Teil des unangenehmen Schauspiels. Vielleicht deshalb, um nicht ausgemacht zu werden, um nicht aufs Korn genommen noch unterschieden zu werden, finden die Sommerurlauber Gefallen daran, sich ein wenig auszuziehen und sich in Sand und Wasser unter andere Halbnackte zu mischen.

Ich versuchte zu berechnen, auf welchen Punkt die festen Augen des Mannes, meines Nachbarn, gerichtet sein konnten, und es gelang mir, einen Raum zu begrenzen, der nicht klein genug war, um meinen Blick völlig zur Ruhe kommen und Interesse an dem Interessanten aufkommen zu lassen, aber auf diese Weise, indem ich seinen Blick nachahmte oder versuchte, diesen zu erraten, konnte ich den größten Teil der vor mir liegenden Fläche – ein Strand – ausschließen.

»Was schaust du an?«, fragte mich meine Frau vom Bett her. Es war sehr heiß, und sie hatte sich ein feuchtes Handtuch auf die Stirn gelegt, es verdeckte ihr fast die Augen, die sich für nichts interessierten.

»Das weiß ich noch nicht«, sagte ich, ohne mich umzudrehen. »Ich versuche zu sehen, was ein Mann sieht, der hier neben mir ist, auf einer anderen Terrasse.«

»Warum? Das kann dir doch egal sein. Sei nicht neugierig.«

Es war mir gleich, in der Tat, aber im Sommer geht es vor allen anderen Dingen darum, Zeit zu verlieren, sonst hat man nicht das Gefühl, in dieser Jahreszeit zu sein, die langsam sein muss und ohne Ziel.

Meinen Berechnungen und Beobachtungen zufolge musste der Mann zu meiner Rechten eine von vier Personen anschauen, die sich alle ziemlich dicht beieinander befanden, nebeneinander in der letzten Reihe, weit vom Wasser entfernt. Rechts von diesen Personen tat sich eine leere Stelle auf, links ebenfalls, das war es, was mich auf den Gedanken brachte, dass er eine dieser vier anschaute. Die erste (von links nach rechts, wie bei den Fotos) zeigte mir oder zeigte uns das Gesicht, da sie der Sonne den Rücken zugewandt hatte; es war eine noch junge Frau, sie las eine Zeitung, sie hatte das Oberteil des Bikinis aufgeknüpft, nicht ausgezogen (das wird in San Sebastián noch immer ungern gesehen). Die zweite, ebenfalls eine Frau, älter, korpulenter, in einem Badeanzug und mit einem Strohhut, saß und cremte sich ein; bestimmt eine Mutter, aber ihre Kinder hatten sie verlassen, vielleicht spielten sie zusammen am Ufer. Die dritte Person war ein Mann, möglicherweise ihr Ehemann oder ihr Bruder, er war schlanker, er zitterte aus Laune auf seinem Handtuch stehend, als sei er gerade aus dem Wasser gekommen (er zitterte aus Laune, weil das Meer nicht kalt sein konnte). Die vierte war mehr als unterscheidbar, weil sie bekleidet war, zumindest der Oberkörper war bedeckt; es war ein älterer Mann (der Nacken grau), der mit dem Rücken zu mir saß, aufrecht, als wäre er seinerseits damit beschäftigt, jemanden am Ufer oder ein paar Reihen weiter vorne zu beobachten oder zu überwachen, der Strand als Theater. Ich richtete meinen Blick auf ihn; er war zweifellos allein, er hatte nichts zu tun mit dem, der sich links von ihm befand, dem unecht zitternden Mann. Er trug ein grünes, kurzärmeliges Hemd, ich konnte nicht sehen, ob er eine Badehose oder eine lange Hose darunter trug, ob er bekleidet war, unpassend an diesem Ort, wenn, dann würde er deshalb auffallen. Er kratzte sich den Rücken, er kratzte sich die Taille, die Taille war dick, sie musste schwer sein, bestimmt war er einer dieser Männer, die es große Mühe kostet, aufzustehen, zu diesem Zweck musste er die Arme nach vorne schwingen, mit ausgestreckten Fingern, als würde einer an ihnen ziehen. Er kratzte sich den Rücken, ein wenig so, als würde er auf sich zeigen. Ich fand keine Zeit, um festzustellen, ob er so aufstand, mühsam, oder um zu sehen, ob er lange Hosen oder eine Badehose trug, wohl aber, um zu erkennen, dass er das Ziel meines Nachbarn war, denn plötzlich sah ich, mein Fernglas endlich auf seine dicke Taille und seinen breiten Rücken gerichtet, wie er zusammensackte, er fiel nach vorn, sitzend, wie es die Marionetten tun, wenn die Hand sie loslässt, die sie führt. Ich hatte einen kurzen, gedämpften Knall gehört und konnte gerade noch sehen, dass das, was von der Terrasse zu meiner Rechten verschwand, nicht mehr der Arm meines Nachbarn mit dem Fernglas war, sondern sein Arm und der Lauf einer Waffe. Ich glaube, niemand bemerkte etwas, obwohl der zitternde Mann jetzt stillstand, denn ihm war nicht mehr kalt.

Sławomir Mrożek

Die Suppe

In einem Restaurant dritter Kategorie erschien ein Gast und bestellte ein Mittagessen in zwei Gängen. Es verging eine Stunde, und als man ihm endlich die Suppe brachte, äußerte der Gast die Meinung, dass die Suppe bereits kalt sei. Der Kellner widersprach. Der Gast rief ihn also herbei, damit er sich persönlich überzeuge. Der Kellner gehorchte der Aufforderung und untersuchte die Temperatur der Suppe mit Hilfe seines Zeigefingers. Da schlug der empörte Gast den Kellner so unglücklich mit seiner Gabel, dass dieser starb, ohne das Bewusstsein wiederzuerlangen.

War die Suppe wirklich kalt? Der Totschläger behauptete, ja, der Direktor des Lokals widersprach entschieden. »Die Suppe war heiß«, behauptete er. »Ihre Temperatur unterlag nur deshalb einer Abkühlung, weil der Kellner, als er seinen Finger in die Suppe hielt, bereits eine kalte Leiche war und auf diese Weise unabsichtlich ihre Temperatur verminderte. Also war der Gast irgendwie selbst schuld!«

Gegen diese Behauptung sprachen andere Indizien. Warum, sagten viele Zeugen, hat der Totschläger nicht vorher auf die Suppe gepustet?

»Er wollte sich ein Alibi verschaffen«, entgegnete die Direktion des Lokals. »Dagegen«, so behauptete die Direktion des Lokals, »hat das Opfer, der Kellner, auf die Suppe gepustet, bevor er seinen Finger hineinsteckte. Warum? Weil der Kellner wusste, dass die Suppe heiß ist und er Angst hatte, sich zu verbrennen.«

Hatte der Kellner jedoch tatsächlich gepustet? Diese Aussage konnte nur der Betroffene machen. Leider schwieg der für immer.

Die Position des Angeklagten schwächte die Tatsache, dass es nicht gelang, den Fingerabdruck des Fingers in der Suppe zu sichern. Es gab also nicht einmal einen Beweis, dass der Kellner seinen Finger in die Suppe getunkt hatte.

Im Verlauf der Untersuchung traten neue Zweifel auf: Warum hat das Opfer die Suppe nicht oral probiert, sondern nur einen Finger hineingetaucht?

»Wahrscheinlich aufgrund des unappetitlichen Aussehens des Gerichts«, behauptete die Verteidigung. Aber auch diese Annahme wurde vom Direktor des Lokals entkräftet, der unter Eid aussagte, dass die Suppe vorzüglich ausgesehen habe. Aber es fehlte noch immer die Antwort auf die prinzipielle

Frage: War die Suppe kalt oder heiß? Also eine Leiche wegen einer kalten Suppe, oder eine Suppe wegen einer kalten Leiche? War die Leiche kalt, oder war die Suppe kalt?

Die Untersuchung wird fortgesetzt. Ob die Kriminologie dieses faszinierende Rätsel je lösen wird? Vielleicht. Aber bis jetzt ist nur eins sicher: Am besten isst man zu Hause.

Henry Slesar

Tödliche Eifersucht

Meine Frau war mit Leona Blackburn seit ihrer Kindheit befreundet, und durch sie lernte ich Charlie Blackburn kennen, einen Mann, den ich nacheinander beneidete, bedauerte und betrauerte. Mit einer Ausnahme war Charlie in jeder Hinsicht erfolgreich und sympathisch; man war gern mit ihm zusammen. Als amtlich zugelassener Wirtschaftsprüfer war er eine Quelle für gerissene Steuertipps und realistische Markteinschätzungen, und nachdem die Freundschaft zwischen uns vieren fester geworden war, leistete er mir bei meinen eigenen verworrenen Geldangelegenheiten unschätzbare Dienste. Seine verhängnisvolle, othellohafte Schwachstelle zeigte sich erst eine ganze Zeit später.

Audrey, die Amateurpsychologin, war es, die die Symptome zuerst erkannte und sie mir eines Abends beschrieb, nachdem wir mit den Blackburns zusammen im Theater gewesen waren.

»Du musst das doch bemerkt haben«, sagte sie, während sie versuchte, einen Lockenwickler mit den

Zähnen zu öffnen. »Ich meine, wie er sie die ganze Zeit ansieht. Ich habe noch nie in meinem Leben einen Mann so eifersüchtig dreinblicken sehen.«

»Eifersüchtig?«, sagte ich. »Nun ja, das kannst du dem Mann vielleicht nicht verübeln. Leona ist wirklich sehr sexy.« Ich dachte, Audrey würde bei dieser Bemerkung hochgehen, aber sie sah nur nachdenklich vor sich hin.

»Ja, das stimmt wohl. Sie sah schon immer sexy aus, selbst als sie noch zur Schule ging. Wahrscheinlich können Männer gar nicht anders, als ein Mädchen wie Leona anzusehen, aber es bringt Charlie mit Sicherheit um den Verstand.«

»Jetzt übertreibst du«, sagte ich. Doch als wir das nächste Mal mit den Blackburns zusammen waren, riss ich meinen Blick von Leonas bemerkenswerten Proportionen los und beobachtete Charlies Gesicht. Es bestand kein Zweifel – er bedachte jeden Mann, der zufällig in Leonas Richtung sah, mit einer leise kochenden Wut, die unter der Oberfläche vermutlich vulkanische Ausmaße hatte.

Dann, eines Abends, nach einem reizenden Abendessen zu Hause bei den Blackburns in Connecticut, ließ Charlie ein wenig heiße Lava heraustreten. Wir waren gerade mit unserem Kaffee fertig, und die Frauen hatten sich in Leonas Schlafzimmer zurückgezogen, um ein Weilchen kichernd die Köpfe zusammenzustecken. Charlie und ich gingen in sein Arbeitszimmer, um ein paar Steuerfragen zu besprechen, und er kam mir ungewöhnlich still vor. Er spielte mit den Gegenständen auf dem Kaminsims herum und sagte auf einmal:

»Du, Paul, tu mir einen Gefallen und hör auf, in dieser Art und Weise an meine Frau zu denken, ja?«

Es war, wie wenn man ruhig in einem geparkten Auto sitzt und einem plötzlich jemand hinten reinfährt. Einen Augenblick lang konnte ich nicht antworten, und dann brachte ich bloß ein schuldbewusstes Stottern hervor.

»Reden wir nicht mehr darüber«, sagte Charlie gnädig. »Sie sollte auch wirklich nicht solche Kleider tragen. Mich hat bloß geärgert, was du gedacht hast. Deshalb lass es in Zukunft bitte.«

»Hör zu, Charlie«, sagte ich mit erstickter Stimme, »ich bin eines jener seltenen Exemplare, ein glücklich verheirateter Mann nämlich. Leona ist eine sehr schöne Frau, aber ...«

»Ich sagte, reden wir nicht darüber.« Er lächelte wie der Filmheld, dem gerade die Kugel mit dem Taschenmesser herausgeholt wird.

Ich erzählte Audrey nichts von dem Vorfall – aus Angst, missverstanden zu werden. Um die Wahrheit zu sagen, es war mir wirklich während des Abendessens flüchtig ein lüsterner Gedanke durch den

Kopf gegangen. Wenn ich mich richtig erinnere, war es der Moment, als Leona sich vorbeugte, um die Kerzen auf dem Tisch anzuzünden. Es bekümmerte mich, dass mich mein Gesichtsausdruck so ohne weiteres verraten hatte, und ich beschloss, mir an den ausdruckslosen Indianern ein Beispiel zu nehmen.

In der darauffolgenden Woche erfuhr ich dann, dass Charlies Intuition sehr viel komplexer und auch erstaunlicher war. Wir vier waren in ein französisches Restaurant gegangen, und während des Essens goss Charlie dem Kellner plötzlich ein Glas Wein ins Gesicht. Das magere, flache Gesicht war unbewegt wie das eines Buddhas gewesen, doch Charlie hatte seinen Bordeaux hineingeschüttet. Um einer Szene aus dem Weg zu gehen, blieb uns nur der sofortige Aufbruch. Auf der Fahrt zu unserer Wohnung war Leona starr vor Entrüstung, und Charlie presste in unerklärlichem Groll die Lippen zusammen. Ich versuchte, ihn zur Vernunft zu bringen, indem ich ihm sagte, dass er sich das beleidigende Verhalten des Kellners nur eingebildet habe, aber er war davon überzeugt, dass er es besser wisse. Aber woher konnte er das?

»Es ist ein Fluch, ein verdammter Fluch«, stöhnte er. Wir waren allein in dem vollgestopften Alkoven, den ich mein Refugium nenne. »Ich nehme an, dass ich schon so lange in Leona vernarrt bin, dass es meinen Kopf in Mitleidenschaft gezogen hat. Es ist ja nicht so, dass ich dieses verdammte Kunststückchen bei etwas anderem fertigbrächte. Lieber Gott, ich wäre ein reicher Mann, wenn ich das könnte! Nein, nur durch Leona, einzig und allein durch Leona funktioniert es.«

»Funktioniert was?«, fragte ich.

»Meine verfluchte Telepathie. Lach mich nicht aus, Paul, es ist wahr! Ich kann Gedanken lesen. Ich meine das im wahrsten Sinne des Wortes, ich kann jedes gemeine Wort, jeden miesen, schmutzigen Gedanken in ihren Köpfen hören, wenn sie sie ansehen. Selbst du«, sagte er vorwurfsvoll, »ich konnte genau hören, was du an jenem Abend dachtest, als Leona die Kerzen ansteckte.«

Ich hustete ein bisschen.

»Schau mal, Charlie«, sagte ich begütigend, »niemand kann Gedanken lesen, die sind Privateigentum. Du bist einfach auf ganz altmodische Weise eifersüchtig, Junge, und das macht dich überempfindlich, wenn jemand deine Frau ansieht.«

»Ich sag dir doch, ich kann! Heute Abend habe ich die Gedanken des Kellners gelesen, Paul – und zwar auf Französisch! Ich weiß nicht mal, was er wirklich gedacht hat, ich spreche kein Wort Französisch. Es war einfach sein innerliches Feixen, das die Gedanken begleitete …«

»Ich kann ein bisschen *parler*«, sagte ich. »Was hat er – gedacht?«

Charlie sagte es mir, und ich wurde rot.

»Du weißt gar nicht, wie mir das zusetzt«, jammerte er und massierte mit beiden Händen seine Stirn, »es wird schlimmer und schlimmer. Ich kann nicht die Straße entlanggehen ohne diesen Schwall schmutziger Gedanken, der sich über uns ergießt. Ich möchte jeden Mann, der sie ansieht, umbringen. Ich bin die ganze Zeit so voller Wut, dass ich weder richtig essen kann noch schlafen noch …«

»Nun mach mal 'nen Punkt«, sagte ich. »Selbst wenn es stimmt, selbst wenn du Gedanken lesen kannst, darfst du dich davon nicht zugrunde richten lassen. Du weißt schließlich, wie die Männer sind. Es ist bloß natürlich, sich über eine attraktive Frau Gedanken zu machen, das liegt in der menschlichen Natur. Das ist doch nicht persönlich gemeint …«

Er lachte bitter. »Das sagst du. Weil du nämlich nicht weißt, wie persönlich es wird, wenn es sich um deine Frau handelt, die der Gegenstand ihrer Gedanken ist. Es macht mich einfach krank, Paul!«

»Charlie«, fragte ich, »hast du jemals daran gedacht, zu einem Psychiater zu gehen?«

»Ich war mal bei einem«, sagte er müde. »Nach meiner dritten Sitzung kam Leona, um mich abzuholen. Ich habe den alten Lustmolch fast erwürgt, als ich hörte, was er dachte.«

Als ich Audrey von unserer Unterhaltung berichtete, schnappte sie nach Luft und sagte dann:

»Also, das war es, was Leona meinte! Ich nehme an, er hat mit Mr. Luppman dasselbe gemacht. Arme Leona!«

»Wer ist Mr. Luppman?«

»Charlies Chef. Charlie ist gestern gefeuert worden, wusstest du das nicht?«

Nach jenem Abend sahen wir die Blackburns über einen Monat lang nicht mehr. Tatsächlich bildeten wir nie wieder ein Quartett, aber ich traf Charlie zufällig in einem Selbstbedienungsrestaurant in der 58. Straße. Er saß allein an einem Tisch und nagte an einem Hamburger, und einen Augenblick lang erkannte ich ihn nicht wieder. Er war dünner geworden, er war blass, und um seine Augen lagen so tiefe Schatten, dass ich zuerst dachte, er trüge eine Sonnenbrille. Als ich auf ihn zuging, sah er mich verwirrt an, fast so, als kenne er mich nicht.

»Charlie«, sagte ich, »um Himmels willen, warst du krank?«

Er zog die Lippen zurück, aber ein Lächeln war das nicht. »Mir geht's gut«, sagte er. »Es war ein schlimmer Monat, aber jetzt geht es wieder. Ich bekomme wahrscheinlich einen Job bei Merrill Lynch. Jetzt wird alles gut.«

»Und wie geht es Leona?«

»Leona ist okay«, sagte er verbissen. »Solange sie bleibt, wo sie ist, ist sie okay.«

»Bleibt, wo sie ist? Wo ist sie denn?«

»Im Haus! Wo sie hingehört!« Er schrie es fast und lenkte die Aufmerksamkeit der anderen Gäste auf sich. Er entschuldigte sich und beugte sich über seinen Kaffee. »Du weißt noch, was ich dir erzählt habe«, sagte er leise, »über das Gedankenlesen?«

»Ja?«

»Es ist so schlimm geworden, Paul«, flüsterte er. »Neuerdings kriege ich davon Kopfschmerzen, entsetzliche Kopfschmerzen. Aber es geht, wenn Leona sich nicht aus dem Haus rührt …« Er sah auf seine Uhr und stand auf. »Ich muss los«, sagte er. »Muss sehen, dass ich diesen Job kriege. Bis bald, Paul.«

Er ging, und wie sich später herausstellte, hatte er sich in doppelter Hinsicht geirrt. Er bekam weder die Stelle, noch sahen wir uns je wieder.

Fast ein Jahr verging, ehe ich wieder von den Blackburns hörte – und zwar unerwarteterweise durch Audrey. Sie hatte eines Morgens einen Anruf von Leona bekommen und mit ihr in der Stadt zu Mittag gegessen. Als ich an jenem Donnerstagabend nach Hause kam, wartete Audrey schon ungeduldig auf mich, um mir die tragischen Einzelheiten zu berichten.

»Die arme Leona!«, sagte sie. »Du hast ja keine Ahnung, was diese Frau durchgemacht hat. Ehrlich, wenn sie nicht so verflixt gut aussähe, hätte ich heulen können. Sie trug einen Nerz, der ging ihr bis hierher.«

»Na, wie schön, dass Charlie wieder obenauf ist.«

»Ich fürchte, die Sache ist anders«, sagte Audrey unglücklich. »Der arme Charlie ist tot, Paul. Den Nerz verdankt sie seiner Lebensversicherung.«

»Charlie tot?«

»Ist das nicht schrecklich? Natürlich wussten wir beide, wie krank er war, aber ich hätte nie gedacht, dass es tödlich sein könnte. Leona ebenso wenig. Er fing an, diese grässlichen Kopfschmerzen zu kriegen, und er nahm sehr ab. Dann fingen diese Anfälle an, richtige Schlaganfälle. Er rollte sich dann auf der Erde und schrie vor Schmerzen, manchmal mitten auf der Straße. Sie klapperten alle möglichen Ärzte ab, aber keiner konnte helfen. Einen von ihnen griff Charlie sogar an, so wie damals den Psychiater. Natürlich verlor er immer wieder seine Arbeit. Sie mussten das Haus verkaufen und sich etwas ganz Billiges suchen. Sie wären glatt verhungert, wenn Leona nicht die Initiative ergriffen und eine Stellung angenommen hätte.«

»Leona ist arbeiten gegangen?«

»Sie musste ja. Und da kam es schließlich auch zur Katastrophe. Sie hatte erst seit einer Woche dort gearbeitet, als Charlie kam, um sie um fünf Uhr abzuholen. Und genau da passierte es. Er hielt sich den Kopf und fing an zu schreien, und dann stürzte er zu Boden. Er starb, im Angesicht des ganzen Büros.«

»Wie furchtbar«, sagte ich. »Armer Charlie!«

»Und arme Leona«, sagte Audrey. »Aber wenigstens war Charlie weitblickend genug, eine Versicherung abzuschließen, so dass sie nicht mehr zu arbeiten braucht.«

»Was hat sie denn gemacht?«

»Sie war Stenotypistin«, sagte Audrey. »Beim US-Flottenstützpunkt in New London.«

Doris Dörrie

Mit Messer und Gabel

Meine Mutter behauptet, sie habe es kommen sehen. Schon als kleines Mädchen sei ich so gewesen, unzufrieden und bösartig. Sie kommt zweimal im Monat und bringt mir Nescafé, Zigaretten, Illustrierte, manchmal einen Lippenstift, heute grüne Wimperntusche, das ist jetzt modern da draußen, sagt sie und beißt in einen Apfel.

Ich kann nichts dafür. Wenn meine Mutter einen Apfel isst, macht sie so komische Geräusche, da läuft es mir eiskalt den Rücken runter, ich fange an zu zittern und würde sie am liebsten umbringen.

Das war schon immer so, früher bin ich einfach aus dem Zimmer gegangen. Sie hat mich kalt und herzlos genannt, weil ich, während sie mir ihr Herz über meinen Vater ausgeschüttet hat, einfach aufgestanden und gegangen bin, aber hätte ich ihr sagen sollen, dass es mich anekelt, wie sie einen Apfel isst? Sie kann ja nichts dafür.

Mein Vater hat immer seine Füße aneinander gerieben. Wenn er abends in Hausschuhen vorm Fernseher saß, habe ich, sosehr ich mich auch bemüht habe, wegzuhören, immer auf dieses leise, schabende Geräusch von seinen Hausschuhen horchen müssen. Hat mich ganz verrückt gemacht, manchmal musste ich mir die Ohren zuhalten, um ihn nicht anzuschreien.

Es hat also schon ganz früh angefangen. Ich habe gedacht, es hört irgendwann auf, es hört auf, wenn ich den Menschen finde, den ich wirklich mag, so ganz und gar mit all seinen Fehlern. Dass mich meine Eltern wahnsinnig gemacht haben, ist doch ganz natürlich, nicht?

Mit 16 habe ich mich zum ersten Mal verliebt. Er war 18 und hatte ganz große braune Augen. Die Haare trug er lang, er hatte so ganz feines Babyhaar, das habe ich ihm immer gebürstet. Ich hätte alles für ihn getan. Als er zur Bundeswehr eingezogen wurde und in der Heide stationiert war, bin ich von zu Hause weggelaufen und habe mir ein Zimmer in Lüneburg genommen, um in seiner Nähe zu sein. In einer Bäckerei habe ich gearbeitet, um das Zimmer bezahlen zu können. Der Geruch von frischem Brot saß mir in den Kleidern, im Haar, ich konnte duschen, sooft ich wollte, ich wurde ihn einfach nicht mehr los, und Brot konnte ich auch keins mehr essen.

Er war sehr lieb zu mir. Zu unserem einjährigen

Jubiläum hat er mir ein Paar wirklich teure Ohrringe geschenkt. Ich hätte zufrieden sein können.

Und dann verlor er seine Haare. Obwohl er erst 19 war. Sie wurden immer dünner, und dann wurden sie fettig. Ich wusch sie ihm jeden Tag, und trotzdem waren sie fettig. Irgendwann haben sie mich an alte Spaghetti erinnert. Ich konnte ihm nicht mehr über den Kopf streichen, ohne mir sofort danach die Hände zu waschen. Das habe ich heimlich gemacht, ich wollte ihn nicht verletzen. Zu einem Bürstenhaarschnitt habe ich ihn überredet, Fotos aus Illustrierten von Männern mit ganz kurzen Haaren habe ich ausgeschnitten und sie ihm gezeigt, bis er zum Friseur gegangen ist. Es hat auch geholfen, allerdings nur kurze Zeit, bis er von der Bundeswehr entlassen wurde, da hat er sich geschworen, nie mehr die Haare kurz zu tragen, weil ihn das an die Armee erinnerte. An dem Tag, an dem er um meine Hand angehalten hat, hingen sie ihm schon wieder in fettigen Strähnen bis auf den Kragen. Vielleicht hätte er mich am Morgen fragen sollen. Wenn sie frisch gewaschen waren, war's ja nicht so schlimm. Er war ein wirklich lieber Kerl.

Danach hat mir lange kein Mann mehr so richtig gefallen. Schon nach dem zweiten oder dritten Abend wusste ich, ich würde ihn irgendwann hassen wegen seiner feuchten Aussprache oder wegen der Art, wie er an seinem Schnurrbart zwirbelte, wegen seiner Angewohnheit, den obersten Hemdknopf geschlossen zu tragen oder ständig die Hose hochzuziehen.

Ich bin eben kritisch. Auch mit mir. Eine Schönheit bin ich nicht, meine Beine sind zu kurz, also trage ich keine kurzen Röcke, mein Mund ist schief, also schminke ich ihn so, dass es weniger auffällt, mein Gesicht ist ein bisschen zu rund, deshalb würde ich mir nie die Haare abschneiden. Unangenehme Angewohnheiten habe ich, glaube ich, nicht. Und wenn ich eine an mir entdecke, zum Beispiel fasse ich mir, wenn ich unsicher bin, immer ans Ohr, versuche ich, sie abzustellen. Ich werde nie fett werden. Ein Pfund zu viel auf den Rippen macht mich schon ganz krank, und ich fühle mich erst wieder wohl, wenn ich es mir abgehungert habe. Möchte nicht jede Frau schön sein?

Schöne Männer mag ich nicht. Sie machen mich misstrauisch, weil sie glauben, dass sie alles haben können, nur weil sie mit einem hübschen Gesicht geboren worden sind. Dafür können sie schließlich nichts.

Mit Berthold war das anders. Er wusste gar nicht, wie schön er war. Lange habe ich auf den Moment gewartet, wo mich irgendetwas an ihm stören würde. Ich war sehr vorsichtig. Als ich ihn nach einem halben Jahr immer noch makellos fand, haben wir geheiratet. Ich konnte mich nicht sattsehen an ihm. Morgens habe ich ihm zugesehen, wie er sich gewaschen und rasiert hat, alles, einfach alles an ihm habe ich gemocht. Er konnte völlig geräuschlos einen Apfel essen, kein einziges Mal habe ich ihn mit fettigen Haaren erwischt, immer sah er elegant aus, selbst wenn er Schnupfen hatte, war er attraktiv. Er war so attraktiv, dass ich mir Mühe geben musste, mit ihm Schritt zu halten. Nie zuvor habe ich mich so schön gefunden wie mit ihm. Selbst gegen Kinder hätte ich damals nichts gehabt, obwohl ich mich manchmal gefragt habe, ob ich sie so hätte mögen können, wie man ja eigentlich seine Kinder mögen soll. Man kann sie sich ja schließlich nicht aussuchen. Berthold habe ich mir ausgesucht.

Und es wäre nie geschehen, wenn er nicht befördert worden wäre und seine Mittagspause plötzlich so lang war, dass er zum Essen nach Hause kam. Wir haben natürlich immer zusammen gefrühstückt, und abends gab es Brot mit Aufschnitt. Und sonntags haben wir das Mittagessen einfach ausgelassen. Unter der Woche habe ich mir ab und zu etwas gekocht, aber nie für ihn, denn er kam ja immer erst abends, und da wollte er nichts Warmes, weil er Angst um seine Linie hatte. Er ging auch nicht gern aus, weil er mit seinen Geschäftspartnern oft genug essen gehen musste. Und jetzt kam er also jeden

Mittag nach Haus. Ich habe es sofort gemerkt. Er hat das ganze Essen auf seinem Teller zu einem Berg zusammengeschoben und zu einem Brei verrührt. Ich habe gemerkt, wie mir ganz plötzlich kalt wurde, eisig kalt, dabei war es im Sommer, und wir haben auf der Terrasse gegessen. Immer wenn er mit der Gabel in diesen Brei stach, gab es einen schmatzenden Laut, immer wieder und wieder. Er hat mich gefragt, ob ich denn gar keinen Hunger hätte, und ich bin schnell aufgestanden und ins Bad gelaufen. Ich hatte Angst.

Mit abgewendetem Gesicht habe ich später die Reste von seinem Brei in die Küche getragen, aber es hat nichts geholfen. Er lag auf dem Sofa für ein kurzes Mittagsschläfchen, ich wollte mich neben ihn legen und ein paar Minuten so mit ihm dösen, die ganze Geschichte vergessen, aber ich konnte nicht. Ich habe es genau vor mir gesehen, wie er die Gabel mit dem Brei in den Mund schiebt, runterschluckt, wie jetzt der Brei in seinem Magen liegt und vor sich hin gärt. Es hat mich vor Ekel geschüttelt. Suppen habe ich von da an gekocht, bis er sich darüber beklagt hat, Steaks und Salat, das habe ich damit gerechtfertigt, dass ich unbedingt abnehmen müsse und es ihm vielleicht nichts ausmachen würde, mich dabei zu unterstützen. Ich wollte meine Ehe retten. Nach drei Wochen wollte er partout keinen Salat mehr essen, er sei kein Kaninchen, hat er gesagt, und ich sei schon so dünn, dass es nicht mehr schön sei. Königsberger Klopse mit Kartoffelbrei hat er sich gewünscht, und allein bei dem Gedanken daran kamen mir die Tränen. Er hat angefangen, mich zu kritisieren. Ich hätte nichts anderes als meine Linie im Kopf, und künftig wolle er selber kochen.

Wenn er sich mittags in die Küche gestellt hat, bin ich ins Schlafzimmer gegangen, bis er mit dem Essen fertig war. Er hat mich gebeten, ihm doch wenigstens Gesellschaft zu leisten. Einmal noch habe ich es versucht. Erbsen, Kartoffeln und Geschnetzeltes aus der Büchse lagen auf seinem Teller. Als er seine Gabel nahm und alles zusammengerührt hat, habe ich versucht, woandershin zu sehen. Aber das Geräusch habe ich gehört.

Von da an hat mich alles an ihm gestört. Wie er aß, so war er auch. Immer etwas wirr in seinen Gedanken, er sprach die Sätze nicht zu Ende, es kam mir vor, als würde er alles, was er dachte, in seinem Gehirn zu einem Brei zusammenrühren, mit der Gabel hineinstechen und mich damit füttern. Ich konnte ihm nicht mehr zuhören, ihn nicht mehr ertragen.

Mittags bin ich aus dem Haus gegangen. Abends ins Bett geflohen, bevor er nach Hause kam. Morgens aufgestanden, wenn er schon zur Arbeit gegangen war. Er hat mich angefleht, ihm doch zu sagen, was los sei.

Einmal habe ich geträumt, ich läge neben ihm im Bett, und plötzlich habe ich etwas Warmes, Feuchtes auf meiner Haut gespürt, und als ich mich umgedreht habe, habe ich gesehen, wie sein Bauch aufgeplatzt war und ein dicker, gelblich grüner Brei aus ihm herausfloss, immer mehr wurde, über die Bettdecke auf den Boden rann, das Zimmer füllte, aus den Fenstern quoll, immer höher stieg und drohte, mich zu ersticken. Ich muss vor Angst geschrien haben. Als ich aufwachte, hielt er mich im Arm. Seine Berührung war schlimmer als der Traum. Von da an schliefen wir getrennt. Ich weiß nicht, wer von uns beiden unglücklicher war.

Eines Tages kam er früher nach Hause, und ich stand in der Küche, um mir einen Tee zu kochen. Er schloss die Tür ab und sagte, er müsse mit mir reden. So könne er nicht weiterleben. Er fing an, eine Tüte Tiefkühlspinat aufzutauen. Zwei Eier schlug er in die Pfanne. Es komme ihm vor, als sei ich vor ihm auf der Flucht. Er rührte Kartoffelbreipulver in heiße Milch. Ich versuchte, aus dem Fenster zu sehen und an etwas anderes zu denken. Er nahm mich am Arm und zwang mich, mich hinzusetzen. Lange rührte er sein Essen nicht an.

Er sprach von Liebe. Ich habe es wirklich versucht. Mit all meiner Kraft habe ich es versucht. Ich habe ihm gesagt, dass ich ihn eigentlich auch liebe. Er schwieg und sah mich lange an. Dann nahm er die Gabel. Kartoffelbrei, Spinat und Spiegeleier. An mehr kann ich mich nicht erinnern. Sie haben mir vor Gericht ein langes Messer gezeigt in einer Plastiktüte.

Jack Ritchie

Verspätete Post

Es war ein klarer Fall von Personenverwechslung. Sie dachten, sie hätten Harvey Pendleton entführt. Wir sehen uns wahrscheinlich ein bisschen ähnlich, aber er ist der Besitzer der Pendleton Snowmobile Company und ich nicht. Ich bin nur einer von seinen Angestellten.

Es war am Montag so gegen zwölf, als Mister Pendleton seine Bürotür öffnete, hinaussah und mich entdeckte.

Er warf mir seine Autoschlüssel hin. »Wilbur, fahren Sie tanken, und lassen Sie das Öl und die Reifen checken. Ich muss heute Nachmittag nach Madison und hab keine Zeit, es selber zu machen.«

»Jawohl, Sir«, sagte ich, zog meinen Mantel an und ging zum Parkplatz hinter der Fabrik hinunter. Ich ging zu dem Lincoln hin, auf dem Parkplatz, der klar und deutlich mit ›Pendleton‹ markiert war.

Gerade als ich den Schlüssel ins Schloss steckte, hielt eine grünweiße Limousine hinter mir, und zwei große, starke Männer sprangen heraus. Sie ergriffen mich und stießen mich in den Fond ihres Wagens, auf den Boden.

Einer von ihnen setzte seine Füße fest auf meinen Rücken, so dass ich mich nicht erheben konnte. Der andere sprang hinters Lenkrad, und wir rasten mit quietschenden Reifen los.

»Hören Sie«, sagte ich. »Was soll das Ganze?«

Der Mann mit den Füßen auf meinem Rücken erwiderte: »Nach was sieht es denn aus?«

Ich versuchte, intelligent zu raten. »Eine Entführung?«

»Stimmt, Mister.«

Ich erlaubte mir zu kichern. »Sie haben den Falschen erwischt. Ich heiße Crawford. Wilbur Crawford. Ich nehme an, dass Sie hinter Mister Pendleton her sind.«

Der Mann über mir ging nicht darauf ein. »Halt den Mund.«

Ich versuchte, ihnen noch ein paarmal zu sagen, dass sie den Falschen erwischt hatten, aber alles, was ich damit erreichte, waren ein paar Tritte in die Rippen. Ich fand mich damit ab, es vorläufig aufgeben zu müssen.

Es war eine ziemlich lange Fahrt, vor allem für mich, der ich am Boden des Autos lag. Meiner Armbanduhr zufolge vergingen fast zwei Stunden, bevor das Auto endlich in eine knirschende Auffahrt einbog und hielt.

Der kurzen Unterhaltung, die die beiden Männer unterwegs geführt hatten, konnte ich entnehmen, dass der Fahrer Max hieß, das Individuum, das seine Füße auf mich gesetzt hatte, hingegen Clarence.

Er nahm sie jetzt von meinem Rücken herunter. »Aussteigen.«

Ich sah, dass wir auf dem Land waren, in einer ziemlich öden Gegend, und dass das Auto vor einem Farmhaus stand. Mein erster Gedanke war, in Richtung Auto zu rennen, aber Clarence hielt meinen Arm fest umklammert und stieß mich dem Haus zu.

Als ich drin war, meldete ich mich wieder zu Wort. »Ich heiße Wilbur Crawford. Nicht Pendleton. Und ich bin nicht der Besitzer der Pendleton Snowmobile Company. Ich bin nur einer von den Angestellten.«

»Klar«, sagte Clarence. »Klar.« Trotzdem führten sie mich in den ersten Stock, in ein kleines Schlafzimmer.

Clarence stieß mich hinein, versperrte die Tür und ließ mich allein. Ich ging sofort zu dem einzigen kleinen Fenster. Ich sah, dass es ganz von einem schweren, mit Bolzen am Fensterrahmen befestigten Drahtgitter bedeckt war. Es waren also eindeutig Vorbereitungen getroffen worden, um jemanden einzusperren.

Ich schaute auf das Auto hinunter, das immer noch in der Einfahrt stand. Vielleicht hatten sie es gestohlen. Andererseits aber – würden sie es riskieren, fast zwei Stunden lang ein gestohlenes Auto zu fahren, mit einem Entführten drin? Ich kam zu der Überzeugung, dass es sich lohnen könnte, die Autonummer auswendig zu lernen.

Ich bemerkte ein kleines Lüftungsgitter im Fußboden und kniete mich davor, die Hände auf den Boden gelegt. Unter mir sah ich Clarence und Max vorm Fernseher sitzen.

Schließlich war das Fünf-Uhr-Programm bei den Nachrichten angelangt.

Ein gewisser Wilbur Crawford war heute Nachmittag entführt worden, und zwar auf dem Parkplatz hinter der Fabrik der Pendleton Snowmobile Company. Ein Zeuge hatte gesehen, wie er von zwei Männern in ein Auto gestoßen wurde. Der Zeuge war zu weit weg gewesen, um die Autonummer entziffern zu können. Aber er beschrieb das Auto als grünweiße Limousine neueren Datums.

Die Polizei spekulierte, die Entführer könnten das Opfer in der irrigen Annahme entführt haben, es handle sich um Harvey Pendleton, den Präsidenten der Pendleton Snowmobile Company.

Unter mir stieß Clarence einen Fluch aus und erhob sich aus seinem Lehnstuhl. Ich hörte ihn die Treppe heraufkommen.

Er sperrte die Tür auf und starrte mich an. »Sie sind also wirklich nicht Harvey Pendleton?«

»Das habe ich Ihnen vorhin zu sagen versucht.«

Er starrte mich weiter an. »Sie sind für mich nutzlos. Absolut nutzlos.«

Ich lächelte. »Dann können Sie mich ja ebenso gut laufen lassen.«

Es folgte eine Pause. Dann sagte er: »Was bringt Sie auf die Idee, dass wir die Absicht haben könnten, Sie laufen zu lassen? Ganz egal, wer Sie sind?«

Ich räusperte mich. Das war eindeutig der Moment, Zeit zu gewinnen. »Andererseits bin ich für Sie vielleicht doch nicht ganz nutzlos. Es sollte Ihnen trotzdem gelingen, zu Ihrem Geld zu kommen. Schicken Sie Ihre Lösegeldforderung an Mister Pendleton selbst.«

»Was nützt das? Warum würde uns Pendleton zweihunderttausend Dollar für Ihr Versteck geben? Sie sagten ja selbst, dass Sie nur einer von seinen Angestellten sind.«

»Ja, aber glauben Sie, dass Mister Pendleton es wagen würde, das Lösegeld für mich *nicht* zu bezahlen?«

»Warum sollte er es nicht wagen?«

»Wegen der Publicity, die damit verbunden ist. Was würden die Zeitungen über ihn schreiben, wenn er rundweg beschließen würde, mich nicht loszukaufen, und mich meinem Schicksal überließe, was immer das auch sein mag? Die Leute würden sich über seinen Mangel an Menschlichkeit aufregen. Sie würden seine Snowmobiles nicht mehr kaufen. Er müsste seine Fabrik schließen. Glauben Sie, dass ihm das passen würde, und nur wegen lumpiger zweihunderttausend Dollar? Käme er hingegen mit dem Geld daher, würde er von der ganzen Nation bejubelt werden.«

Clarence rieb sich das Kinn. »Da könnte was dran sein.«

Ich nickte eifrig. »Das ganze Land würde anfangen, Snowmobiles zu kaufen. Er würde expandieren müssen. Geld würde in Strömen hereinfließen.«

»Schon gut«, sagte Clarence. »Übertreiben Sie's nicht.« Er brachte mich hinunter und reichte mir Kugelschreiber und Papier. »Schreiben Sie, was ich Ihnen sage.«

Er diktierte. Sie verlangten zweihunderttausend Dollar in kleinen, nicht nummerierten Scheinen. Sie gaben Pendleton eine Woche, um das Geld aufzubringen; danach würden sie wieder Kontakt mit ihm aufnehmen.

Als ich den Brief beendet hatte, schrieb ich die

Adresse auf einen Briefumschlag und klebte eine Marke drauf, die mir Clarence reichte.

Er schob den Brief in die Tasche, ging mit mir nach oben und sperrte mich wieder ein.

Ich hegte den Verdacht, dass mich Clarence jetzt nur für den Fall am Leben erhielt, dass er mich noch einmal brauchen sollte. Vielleicht dazu, einen weiteren Brief zu schreiben oder jemandem zu beweisen, dass ich noch am Leben und somit das Lösegeld wert war.

Montag ging vorbei. Dienstag. Mittwoch. Am Donnerstagmorgen begann ich mich zu fragen, ob der Brief überhaupt je bei Mister Pendleton angekommen war.

Um zwei Uhr nachmittags stand ich an dem kleinen Fenster, als ich sah, wie Autos etwa achthundert Meter weiter unten auf der Landstraße parkten. Männer stiegen aus den Fahrzeugen, schwärmten über die Felder aus und schlichen vorsichtig ums Haus herum.

Ich kniete oben vor dem Fußbodengitter und beobachtete Clarence und Max, die vorm Fernseher saßen, als die Vertreter der Staatspolizei ins Wohnzimmer stürmten. Clarence und Max waren völlig überrumpelt und ergaben sich widerstandslos.

Als ich hinunterkam, war Clarence von der Plötzlichkeit der Ereignisse noch ganz überwältigt. »Wie haben Sie uns gefunden?«, fragte er den Wachtmeister.

Der Wachtmeister lächelte. »Es war der Briefumschlag, den Sie für die Lösegeldforderung verwendet haben. Die Postleitzahl war falsch, und der Brief traf daher mit Verspätung ein. Tatsächlich war die Postleitzahl *so* falsch, dass wir uns fragten, ob uns Mister Crawford damit nicht etwas mitteilen wollte, zum Beispiel eine Autonummer. Wir gaben die Zahl ans Verkehrsministerium weiter und stießen auf Ihre grünweiße Limousine.«

Max sah Clarence vorwurfsvoll an. »Wie konntest du nur einen Brief mit meiner Autonummer absenden?«

Clarence zuckte die Achseln. »Wieso sollte ich mich an die Nummer von *deinem* Auto erinnern?«

Als ich ins Büro zurückkam, war ich so etwas wie ein Held. Aber nur bis zum nächsten Montagmorgen, als Mister Pendleton seine Bürotür öffnete, hinaussah und entdeckte, dass ich in unmittelbarer Reichweite war.

Er warf mir seine Autoschlüssel hin. »Wilbur, fahren Sie tanken, und lassen Sie das Öl und die Reifen checken. Ich muss heute Nachmittag nach Madison und hab keine Zeit, es selber zu machen.«

Diesmal wurde ich nicht entführt.

Patricia Highsmith

Die Invalidin oder die Bettlägerige

Vor etwa zehn Jahren, bei einem Skiausflug mit ihrem Freund in Chamonix, war sie gestürzt. Bei diesem Unfall hatte sie sich am Rücken verletzt. Die Ärzte konnten nichts feststellen, niemand konnte irgendetwas an ihrem Rücken finden, doch sie sagte, sie habe Schmerzen. Tatsächlich befürchtete sie, den Mann nicht fest genug am Haken zu haben, und deshalb täuschte sie ein Leiden vor, eines, das sie sich in seinem Beisein zugezogen hatte. Philippe war jedoch bis über beide Ohren in sie verliebt; sie hätte sich diese Sorgen nicht zu machen brauchen. Dennoch war es den Aufwand wert, sich Philippe für alle Zeiten zu sichern und obendrein ein Leben in aller Bequemlichkeit – besser gesagt, im Bett oder wo immer sie sich für den Rest ihres Lebens auszuruhen beliebte. Das war ein Riesengewinn. Wie viele Frauen konnten sich rühmen, einen Mann für alle Zeiten an sich gefesselt zu haben, ohne die geringste Gegenleistung zu erbringen, nicht einmal sein Essen zu kochen, und dafür auch noch verwöhnt zu werden?

Manchmal stand sie auf, meistens aus Langeweile. Manchmal stand sie auf, wenn die Sonne schien, aber nicht immer. Wenn die Sonne nicht schien oder es nach Regen aussah, fühlte Christine sich sehr schlecht und blieb im Bett. Dann musste ihr Ehemann Philippe mit dem Einkaufsnetz die Wohnung verlassen und nach seiner Rückkehr das Essen kochen. Christine redete nur davon, »wie es mir geht«. Besucher und Freunde mussten sich lange Berichte über Injektionen, Tabletten und Rückenschmerzen anhören, die sie vergangenen Mittwoch am Schlafen gehindert hatten, und über die Vermutung, dass es morgen regnen würde, weil ihre Befindlichkeit sie dies befürchten ließ.

Doch sobald der August kam, ging es ihr erstaunlich gut, denn dann reisten sie und Philippe nach Cannes. Anfang August allerdings konnte es so schlecht um sie stehen, dass Philippe einen Krankenwagen bestellen musste, um sie nach Orly zu bringen, und im Flugzeug nach Nizza einen Platz für Schwerversehrte oder Behinderte. In Cannes war sie dann in der Lage, jeden Vormittag um elf Uhr an den Strand zu gehen, mit Hilfe von Schwimmflügeln ein paar Minuten zu schwimmen und ein gutes Mittagessen zu sich zu nehmen. Doch gegen Ende August, wenn sie nach Paris zurückgekehrt war, erlitt sie infolge der Aufregung, des guten Essens und der körperlichen Anstrengung einen Rückfall und musste sich samt Sonnenbräune wieder ins Bett legen. Manchmal zeigte sie Besuchern ihre gebräunten Beine, seufzte voll wohliger Erinnerungen an Cannes und deckte sich wieder mit Decken und Plumeau zu. Der September kündigte nämlich den Beginn eines harten Winters an. Philippe konnte nicht mehr mit ihr schlafen, obwohl er den Eindruck hatte, dass er in drei Teufels Namen eine bessere Behandlung verdient hätte, nachdem er sich die Finger wund gearbeitet hatte, um die zahllosen Arzt-, Röntgenologen- und Apothekerrechnungen zu begleichen. Er musste sich auf einen weiteren einsamen Winter gefasst machen, den er nicht einmal im selben Zimmer wie Christine verbringen würde, sondern im Zimmer nebenan.

»Wenn man bedenkt, dass ich ihr das alles eingebrockt habe«, sagte Philippe zu einem seiner Freunde, »als ich mit ihr nach Chamonix gefahren bin!«

»Aber wie kommt es, dass es ihr im August immer so gut geht?«, erwiderte der Freund. »Glaubst du wirklich, dass sie Invalidin ist? Denk mal nach, alter Freund!«

Philippe begann nachzudenken, denn andere Freunde hatten das Gleiche gesagt. Er brauchte Jahre, um nachzudenken, viele Jahre, in denen der August in Cannes verbracht wurde (was die Ersparnisse der übrigen elf Monate auffraß) und Philippe im Winter im Gästezimmer schlafen musste statt bei der Frau, die er liebte und begehrte.

Und als sie den elften August in Cannes verbrachten, nahm Philippe seinen ganzen Mut zusammen. Er schwamm hinter Christine hinaus, eine Stecknadel in der Hand. Er stach mit der Nadel in ihre Schwimmflügel, ein Loch in jeden der zwei weißen Schwimmflügel. Sie waren nicht weit draußen, das Wasser reichte ihnen nur knapp über den Kopf. Philippe war nicht besonders gut in Form. Er begann, nicht nur die Haare zu verlieren, was beim Schwimmen kein Handicap ist, sondern hatte einen Bauch bekommen, der ihm vielleicht erspart geblieben wäre, so dachte er, wenn er in den vergangenen zehn Jahren mit Christine hätte schlafen können. Doch jetzt bemühte er sich erfolgreich, Christine unter Wasser zu drücken, wobei er gleichzeitig Mühe hatte, den eigenen Kopf über Wasser zu halten. Seine unkoordinierten Bewegungen, die schließlich einigen Leuten auffielen, sahen in deren Augen aus wie der Versuch, einen Ertrinkenden zu retten. Und genau das erzählte er selbstverständlich der Polizei und jedermann sonst. Christine sank ihrem üppigen Fett zum Trotz wie ein Stück Blei.

Christine war für Philippe überhaupt kein Verlust, von den Beerdigungskosten abgesehen. Er verlor umgehend seinen Bauch und stellte zu seiner eigenen Überraschung fest, dass er auf einmal wohlhabend war, statt jeden Pfennig umdrehen zu müssen. Seine Freunde gratulierten ihm, wenn auch höflich und unverbindlich. Sie konnten schließlich nicht sagen: »Gott sei Dank, dass du dieses Luder los bist«, aber sie sagten es so deutlich wie möglich. Ungefähr sechs Monate darauf lernte Philippe ein nettes Mädchen kennen, das gerne kochte, ein Energiebündel war und außerdem liebend gern mit ihm ins Bett ging. Sogar die Haare begannen ihm wieder zu wachsen.

Åke Edwardson

Winters Urlaub

Am Mitsommerabend besuchten wir ein paar Freunde und saßen auf der Terrasse unter einer doppelt aufgespannten Segeltuchplane. Es roch nach frischem Sommer und salzig vom Meer, das man in fünfhundert Metern Entfernung rauschen hören konnte. Der Regen war warm. Gegen Mitternacht tranken wir Whisky und lauschten einem zu Herzen gehenden Sänger, der im passenden lakonischen Tonfall von den Schmerzen der Liebe sang.

Am nächsten Morgen brannte die Sonne unbarmherzig vom Himmel herab. Es sollte der bis dahin heißeste Tag des Jahres werden. Die ganze Feuchtigkeit der vorangegangenen Monate lag noch in der Luft, und ich spürte eine tropische Wärme durchs Fenster dringen. Sonne nach dem Monsun. Draußen roch es wie in einem fernen Land. Es war still. Wie immer nach Mittsommer waren die Straßen menschenleer.

»Musst du heute Abend wirklich zu diesem Treffen gehen, Erik?«

Angela sah mich über den Tisch hinweg an. Die zweijährige Elsa hatte denselben Blick. Schon als ich den ersten Duft der Tropen verspürt hatte, war mir klar gewesen, da war was. Es war immer was.

»Verd…«, sagte ich und brach mitten im Wort ab. Kinderohren hören mit.

»Verd!«, rief Elsa.

»Es ist doch schließlich freiwillig«, meinte Angela.

»Würdest du etwa einen Rückzieher machen?«, fragte ich.

»Du beantwortest eine Frage mit einer Gegenfrage«, erwiderte sie.

»Hast du eine Frage gestellt? Ich dachte, du hättest eine vage Behauptung zum Thema Freiwilligkeit gemacht.«

»Komm, nimm dir noch einen Kaffee«, sagte sie und lächelte.

Ich trank und sehnte mich hinaus in die Wärme.

»Ich habe es versprochen«, sagte ich nach einer Weile. »Ich bin doch sozusagen einer der Organisatoren.«

»Es war aber auch der einzige Tag, an dem man so viele Leute zusammenkriegt. Danach reisen viele schon wieder ab.«

Ich schenkte mir Kaffee nach und spürte die Müdigkeit aus meinem Körper weichen. Zu dem Zeitpunkt wusste ich noch nicht, dass das Klassentreffen an diesem Abend, das ich mit organisiert hatte, furchtbare Folgen haben würde.

Ein paar Leute hatten im letzten Moment abgesagt, aber die meisten waren gekommen. Unsere Gesichter waren zwanzig Jahre älter, und die Zeit war mit einigen gnädig umgegangen, mit anderen allerdings etwas weniger.

»Kommissar Winter hat sich fast nicht verändert«, sagte ein Typ, den ich wohl kaum wiedererkannt hätte, wenn er sich nicht vorgestellt hätte. Er hieß Erik, so wie ich. Erik Werner. Dieselben Initialen, das hatte in der Schule manchmal zu Problemen geführt.

»Mit vierzig hat ein Mann das Gesicht, das er verdient«, antwortete ich.

»Heißt es nicht, mit fünfzig?«, fragte Erik.

»In deinem Fall heißt es mit vierzig«, gab ich zurück.

»Wie scharfsinnig«, erwiderte er und ging davon.

Ich wusste nicht so recht, was er damit meinte. Oder was ich selbst gemeint hatte.

Die ganze Veranstaltung wirkte ein wenig surrealistisch. Wir waren wie früher, aber zugleich waren wir andere Menschen, die unterschiedliche Reisen durchs Leben unternommen hatten. Ich konnte sehen, wer immer noch das Gefühl hatte, unterwegs zu sein, und wer meinte, seine Chancen verpasst zu haben. Wie scharfsinnig! Einige machten die Verluste, die ihnen das Leben zugefügt hatte, an der Bar wett. Ich selbst trank weniger als sonst.

Plötzlich stand Monika vor mir, meine alte Liebe. Sie war zugleich auch die erste gewesen.

»Wie geht es dir?«, fragte sie.

»Gut.«

»Manchmal lese ich über dich.«

»Tu's nicht.«

»Magst du es nicht, wenn sie über dich schreiben?«

»Es geht dabei ja nicht um mich.«

»Worum dann?«

»Um Gewalt. Es geht um Gewalt. Am besten wäre es, da würde gar nichts stehen.«

Ein Mann hatte sich zu uns gesellt.

»Dann wärst du aber arbeitslos«, sagte er.

»Hallo, Per.«

Er nickte. »Ganz schön viel Wasser den Götaälv hinuntergeflossen, seit wir uns zuletzt gesehen haben.«

Jetzt war ich dran mit Nicken.

»Wir haben vor fünf Jahren geheiratet«, sagte er.

»Wie bitte?«

»Monika und ich.« Er legte den Arm um die Schultern seiner Frau. Sie lächelte, und ich meinte, ein wenig Verlegenheit in ihrem Lächeln zu erkennen. Oder Schüchternheit.

»Das wusste ich nicht.«

»Vor einem halben Jahr sind wir wieder nach Göteborg gezogen«, sagte Per. »Es hat uns gereicht in Stockholm.«

»Herzlichen Glückwunsch.« Ich erhob mein Glas. »Zu beidem.«

Hinter Per konnte ich Erik Werner sehen, der uns sein Gesicht zuwandte. Ich konnte mir seinen Gesichtsausdruck nicht erklären. Er sah aus wie hundert. Oder auch wieder wie zwanzig. Plötzlich erinnerte ich mich daran, dass Monika und Erik ein Paar gewesen waren. Ehe sie und ich eine Beziehung hatten, die kurz und ziemlich stürmisch war, jung und unreif zugleich. Vielleicht unschuldig.

Es war Erik Werner schwergefallen, über den Verlust von Monika hinwegzukommen. Jetzt sah er so aus, als habe er sie ein zweites Mal verloren.

Zwei Wochen waren seit dem Klassentreffen vergangen. Die Sonne schien wie verrückt, und die Leute begannen allmählich über die Hitze zu klagen. Ich hatte gerade meinen Urlaub angetreten und hatte nicht vor zu klagen. Das Arbeitszimmer auf dem Polizeirevier war in den letzten Tagen wie ein Bunker gewesen.

Wir wollten gerade zum Strand fahren, als das Telefon klingelte.

»Monika ist verschwunden«, sagte Per gleich als Erstes. Er schien nicht mehr Herr über seine Stimme zu sein. Ich hatte solche Stimmen schon oft gehört. Angst, blanke Nervosität, kurz vor der Panik.

»Was ist passiert?«

»Sie ist seit zwei Tagen weg«, sagte er. »Und hat keine Nachricht hinterlassen. Und jetzt frag nicht, ob das schon mal vorgekommen ist und diesen ganzen Quatsch, denn das ist es natürlich nicht, und ob wir uns gestritten haben und so weiter und so fort oder ob ich sie verprügelt habe oder ob sie einen Liebhaber hat oder irgend so einen verdammten Mist!«

»Ich habe noch gar nichts gefragt.«

»Ihr ist irgendwas passiert«, sagte er. »Und sie hat das Auto dabei.«

»Hast du sie schon als vermisst gemeldet?«

»Das tue ich doch gerade, Erik.«

Unsere kleine Familie fuhr nicht zum Strand. Angela seufzte, sagte aber nichts. Elsa begriff noch nicht, worum es ging, aber lange würde das nicht mehr dauern.

Nachdem Per mir noch ein paar Details erzählt hatte, brachte ich eine Vermisstenanzeige auf den Weg.

Wir verabredeten uns für zwei Stunden später zum Mittagessen. Ich hatte Urlaub, aber ich mochte ihn nicht einfach zu jemand anders schicken. Ich konnte mich zumindest mit ihm treffen und dann meine Kollegen die Sache übernehmen lassen.

Außerdem gefiel es mir nicht, wenn Menschen einfach verschwanden. Einige taten es aus freien Stücken, und nicht einmal das gefiel mir, aber wenn sie wegen eines Gewaltverbrechens verschwanden, dann machte mich das wütend.

Und schließlich hatte ich irgendwie einen persönlichen Anteil an dieser Sache.

Ich ging von zu Hause ins Restaurant auf der Avenyn und setzte mich draußen an einen Tisch. Irgendwo schlug eine Uhr. Ich bestellte ein Bier vom Fass und wartete.

Nach einer Viertelstunde begann der Kellner, zu mir herüberzuschielen. Viele Leute warteten auf einen Tisch, und ich hatte noch nicht bestellt.

»Meine Verabredung ist schon unterwegs«, erklärte ich, als er näher kam. Außerdem hatte ich schließlich ein Bier bestellt, das so viel kostete wie das Tagesgericht.

Nach einer halben Stunde war mein Bierglas ebenso leer wie der Stuhl mir gegenüber. Ich wählte Pers Festnetznummer zu Hause, die er mir am Vortag gegeben hatte. Eigentlich hatte ich sie nicht haben wollen, sie mir dann aber doch ins Adressbuch geschrieben.

Der Anrufbeantworter verwies auf eine Handynummer. Ich rief dort an. Wieder ein Anrufbeantworter. Ich sah auf die Uhr. Er war eine Dreiviertelstunde verspätet. Ein merkwürdiges Benehmen für einen Mann, der verzweifelt nach seiner vermissten Frau suchte und jetzt von einem… na ja, einem Experten Hilfe bekommen konnte.

Ich rief wieder an, es nahm aber niemand ab. Also hinterließ ich eine Nachricht und stand auf. Der Kellner warf mir wütende Blicke zu. Hier würde ich nie wieder hingehen.

Wir fuhren am Nachmittag zum Strand. Mein Handy hatte ich eingeschaltet, aber es rief nur meine Mutter aus ihrem Haus in Nueva Andalucía an der spanischen Costa del Sol an. Die Happy Hour war angebrochen, das konnte man an ihrer Stimme hören. Ich konnte mir auch gut vorstellen, demnächst einen Gin Tonic zu mir zu nehmen.

Zu Hause angekommen, mixte ich mir einen, sehr kalt und sehr trocken. Ich versuchte noch einmal, Per zu erreichen, aber es war niemand da.

Elsa war schon im Auto eingeschlafen.

Wir saßen auf dem Balkon und sahen zu, wie der Himmel sich von der Abenddämmerung blau färbte. Es duftete nach Sommer in der Stadt.

»Das ist doch seltsam«, meinte Angela. »Was wirst du jetzt machen?«

»Urlaub«, sagte ich.

»Ich weiß ja nicht, ob ich das glauben kann.«

»Was soll ich denn tun?«

Sie zuckte mit den Schultern. Wir hörten Elsa in ihrem Zimmer schreien. Angela stand auf, denn ich hielt gerade meinen Drink in der Hand.

Die beiden kamen zurück.

»Sie ist wieder wach.«

»Wie wäre es mit einem Spaziergang?«

»Gern.«

»Es sind nur ein paar Kilometer bis zu … ihrem Haus. Dem von Per und Monika.«

»Dann haben wir ja ein Ziel«, sagte Angela.

Sie wohnten in einem Sieben-Parteien-Haus aus den Dreißigerjahren. Wenn es nicht unter Denkmalschutz stand, war es wohl nur eine Frage der Zeit.

Es gab einen Fahrstuhl, und wir fuhren mit dem Kinderwagen hinauf. Der Fahrstuhl erinnerte an den in unserem eigenen Haus. Vom Treppenhaus gingen drei Türen ab, von denen eine einen Spalt offen stand. An der Tür stand »Sjölander«, das war Pers Nachname und jetzt auch Monikas.

»Die Tür ist ja offen«, meinte Angela.

Ich klingelte. Man hörte die Klingel sehr laut durch

den Türspalt. Ich rief Pers Namen, aber es antwortete niemand. Elsa rief auch seinen Namen.

»Was sollen wir machen?«, fragte Angela etwas ängstlich.

»Du fährst mit Elsa im Fahrstuhl hinunter und wartest ein Weilchen auf mich.«

»Und du? Du wirst doch nicht da reingehen wollen?«

»Ich werde ihn noch einmal auf dem Handy anrufen.«

Ich wählte die Nummer, aber es meldete sich niemand.

Angela hatte den Fahrstuhl geholt, der mit einem Seufzer, der alt und melancholisch klang, auf der Etage hielt.

»Ich muss noch nachsehen«, sagte ich.

Angela schüttelte den Kopf, rollte den Kinderwagen in den Fahrstuhl und fuhr hinunter.

Ich schob die Tür mit dem Ellenbogen auf und trat vorsichtig über die Schwelle. Ich hatte keine Waffe dabei. Auf dem Fußboden im Eingang lagen Kleider. Ich hörte das Brummen der Lüftung und von draußen gedämpften Verkehrslärm.

Rechts lag die Küche, ich ging hinein. Der Tisch war leer, aber in der Spüle stand sehr viel Geschirr, obwohl es eine fast leere Spülmaschine gab, deren Klappe geöffnet war.

Ich ging rasch durch die drei Zimmer der Wohnung, doch es war kein Mensch da. Die Zimmer waren von den abendlichen Lichtern der Stadt erfüllt, von Kreisen und Strahlen der untergehenden Sonne, vom Neonlicht und von den Straßenlaternen, die durch die nackten Fenster schienen.

In keinem Schrank versteckte sich jemand. Niemand lag unter dem Doppelbett. Keiner in der Badewanne.

Abgesehen von den wenigen Kleidungsstücken auf dem Fußboden im Eingang, schien die Wohnung nicht in Unordnung zu sein.

Ich ging wieder in den Flur und hörte, wie der Fahrstuhl sich auf und ab quälte.

Die Tür zur Wohnung hatte offen gestanden.

Das gefiel mir nicht.

Plötzlich begriff ich, dass ich mitten in einem neuen Ermittlungsverfahren war. Immer mit der Ruhe. Er konnte aus irgendeinem Grund hinausgerannt sein und vergessen haben, die Tür hinter sich zu schließen.

Vielleicht hatte sie angerufen. Das war doch wichtiger gewesen, als sich mit Kommissar Winter zu treffen, der sowieso nicht mehr nötig war, da das Problem gelöst war, oder? Sie war nicht mehr verschwunden, und wenn sie Eheprobleme gehabt hatten, dann waren die jetzt vielleicht auch gelöst.

Vielleicht.

Ich ging wieder ins Schlafzimmer, wo der Anrufbeantworter stand, und drückte mit dem Zeigefinger, um den ich ein Taschentuch gewickelt hatte, auf »Play«.

Die einzigen Nachrichten auf dem Band waren meine eigenen.

Ich verließ die Wohnung, zog die Tür hinter mir zu und hörte, wie das Schloss einrastete.

Angela wartete unten. Elsa war wieder eingeschlafen.

»Es war niemand dort«, sagte ich.

»Schön«, sagte Angela.

»Ich weiß, was du denkst.«

»Du brauchst doch nicht auch noch im Urlaub den einen oder anderen Mord.«

»Nein.«

»Aber diese Sache kannst du nicht loslassen, oder?«

»Was würdest du tun?«

»Überlegen, ob ich der einzige Kripobeamte in Göteborg bin oder ob es noch einen anderen gibt, der die Sache untersuchen könnte, während ich Urlaub von all den schrecklichen Geheimnissen der Leute mache.«

»Wir haben ja nur einen kleinen Abendspaziergang hierher gemacht.«

Ich sprach mit meinem Stellvertreter bei der Kripo, Kommissar Bertil Ringmar. Er war gerade erst aus seinem Urlaub zurückgekommen, der hauptsächlich von Regen und heftigem Wind bestimmt gewesen war.

»Sollen wir ihn auch vermisst melden?«, fragte er.

»Warte bis morgen.«

»Vielleicht machen sie gerade eine zweite Hochzeitsreise.«

»In einem der Schränke stehen zwei Reisetaschen.«

»Jetzt sei doch nicht so konventionell«, meinte Ringmar. »Bist du noch nie bloß mit einer Zahnbürste in der Hosentasche verreist?«

»Im Badezimmer standen zwei Zahnbürsten in zwei Bechern.«

»Ha, ha. Na gut, wir warten, und in der Zwischenzeit bitte ich die Streife und die Leute vom Verkehr, sich ein wenig umzuschauen.«

»Gut.«

»Ich sehe mal im Register nach, dann können wir auch nach ihrem Auto Ausschau halten.«

Sie fanden das Auto. Bertil rief mich am nächsten Morgen an.

»Es stand draußen bei Näset. Leer.«

»Auf dem Parkplatz?«

»Ja.«

Näset. Die Badestelle am Meer. Von der Wohnung der Sjölanders, an die ich immer noch als Monika und Per dachte, waren es fast zwanzig Kilometer dorthin.

»Wir durchsuchen das Auto«, sagte Bertil.

»Ruf mich später wieder an.«

Ich trank ein Glas Wasser und war verwirrt oder eher beunruhigt. Das hier war kein guter Urlaub.

Angela kam mit frischen Brötchen aus der Bäckerei unten im Haus. Ich holte Käse, Marmelade und Butter heraus. Die Brötchen waren noch warm. Das Telefon auf dem Tisch im Flur klingelte, als ich gerade zum ersten Mal abbiss. Ich stand auf.

»Es ist wirklich schön, Urlaub zu haben«, sagte Angela in einem Ton, der vielleicht ironisch war.

»Die Leute haben vorn im Auto einen Zettel auf dem Fußboden gefunden«, sagte Bertil. »Unter der Gummimatte.«

»Und?«

»Eine Reihe von Zahlen. Vielleicht eine Telefonnummer.«

»Dann ruf sie doch an.«

»Ich dachte, dass du vielleicht ...«

»Gib sie mir.«

Er las vor, und ich notierte. Wir legten auf, und ich wählte die Nummer.

Kein Anschluss unter dieser Nummer. Es gab keinen Telefonanschluss mit dieser Nummer. Ich betrachtete die Zahlen. Sie sahen einfach aus wie eine Telefonnummer.

Ich hatte eine Idee und ging zum Schreibtisch, wo ich mir eine Liste mit Namen und Telefonnummern nahm, die ziemlich weit oben auf einem Stapel lag. Ich verglich die Nummern eine nach der anderen mit der auf dem Zettel. Keine stimmte genau überein, doch wenn man bei der Nummer auf dem Zettel aus einer Neun eine Vier machte, war sie mit einer auf der Liste identisch.

Ich wählte die Nummer und hörte es zweimal klingeln. Dann der Anrufbeantworter: »Ich bin gerade nicht zu Hause, aber...« und so weiter. Eine Männerstimme, die ich kannte.

Erik Werner.

Das Klassentreffen.

Mein Namensvetter, jedenfalls so gut wie.

Ich hatte seine Adresse nicht, die bekam ich aber von der Auskunft. Hammarvägen. Ich fand die Straße auf dem Stadtplan. Nicht weit von Näsets Badvägen und vom Parkplatz.

Der Verkehr nach Näset raus war dicht. Der Sommer war da, vielleicht endgültig. Die Sonne brannte aufs Autodach.

Erik Werners Haus lag im Schatten. Es war eine weiße Ziegelvilla, wie die meisten Häuser hier. Werner schien es im Leben zu etwas gebracht zu haben. Die Garage stand offen, aber es war kein Auto da.

Er machte nicht auf, als es klingelte. Im Grunde bestand der Alltag eines Kriminalkommissars doch zu einem ziemlich großen Teil daraus, an Türen zu klingeln, die niemals aufgemacht wurden.

Hinter mir hörte ich ein Auto, und als ich mich umdrehte, sah ich es in die Einfahrt einbiegen und vor der Garage halten. Mein Namensvetter stieg aus.

»Irgendwann ist immer das erste Mal«, sagte er.

Vielleicht bezog er sich auf meinen Besuch. Vielleicht auf etwas anderes.

»Ich suche Per und Monika«, sagte ich.

»Du hättest niemals dieses verdammte Klassentreffen organisieren sollten«, sagte er.

»Ich habe nicht einmal …«

»Zu viele alte, schlechte Erinnerungen«, fügte er hinzu.

Er stand jetzt sehr nah bei mir. Seine Augen hatten einen Ausdruck, den ich schon öfter gesehen hatte, bei Menschen, die schwere Verbrechen begangen hatten, grausame Verbrechen.

»Ich dachte, ich hätte das alles hinter mir gelassen«, sagte er jetzt.

»Wo sind sie, Erik?«, fragte ich.

»Wo sind sie, Erik?«, ahmte er mich höhnisch nach.

»Wir haben das Auto gefunden.«

»Ich habe ihn angerufen«, sagte Werner. Er sah zum Meer hinaus. »Genauso, wie ich auch sie gebeten habe, mich anzurufen, die verd…« Plötzlich lachte er und fixierte mich wieder mit diesem Blick. Seine Augen glühten wie von einer inneren schwarzen Sonne. »Jetzt wollen wir mal sehen, wie scharfsinnig du bist, Erik!«

Jörg Fauser

Delgados Schatten

Als die Frau reinkam, stand er an der Bar und blätterte in einer Zeitung. Er brauchte nur ihre Bestellung in holprigem Spanisch abzuwarten, dann hatte er sie taxiert. Mitte vierzig, 1,75 m mit hohen Absätzen, ein paar Pfund zu viel, vor allem an den Hüften; Rheinländerin, geschieden; lebenshungrige Kunstblondine.

Ihre Aufmachung – schwarzes Seidenkleid und eine Menge Schmuck – und die hellen Schultern und Arme verrieten, dass sie private Sonnen der öffentlichen vorzog. Und dann der Busen, dachte er. Große Brüste aus Pulverschnee. Brüste, von denen ein Mann träumen konnte.

Als sie ihren Campari bezahlte, träumte er nicht mehr. Ihre Börse aus Schlangenleder war prall gefüllt mit Scheinen, und dazu noch ein ganzer Set Kreditkarten. Sie brauchte eine volle Minute, um einen 1000-Peseten-Schein zu finden, und ließ viel zu viel Wechselgeld liegen; und als sie die Börse schließlich in ihrer Umhängetasche verstaut hatte und zu ihrem Drink griff, hatte er sein Lächeln parat – und seinen ersten Satz.

»Von hier aus immer nach Westen – was da wohl die nächste Stadt ist?«

Die Blondine reagierte sofort. »Das kann ich Ihnen sagen.« Düsseldorf; allenfalls Köln. »Die nächste Stadt von hier aus über den Teich ist Miami Beach.«

»Ich dachte Havanna.«

»Nach Havanna ist es auch nicht weit. Aber wer will schon dahin, wo es keinen Spaß mehr gibt?«

»Waren Sie schon in Miami Beach?«

»Dreimal. Und soll ich Ihnen mal was verraten? Da drüben fragt nie einer, was auf der anderen Seite des Teichs liegt.«

War das eine politische Anspielung? Hoffentlich war sie keine von den Frauen, deren Männer sich in der politischen Dreckarbeit aufgerieben hatten. Nichts war trostloser als ein nächtliches Lamento über eine Ehe, die an Ämterhäufung, Parteispendenverfahren oder einer Assistentin im Agrarausschuss gescheitert war.

»Das kann ich leider nicht beurteilen.«

»Sind Sie etwa ein Landsmann?«

Er zuckte die Achseln. »Was ist schon ein Pass? Man ist dort zu Hause, wo man Freunde findet.«

Sie lachte. »Wenn mein Glas nicht leer wäre, würde ich darauf trinken.«

»Nichts ist leichter auf La Palma, als ein Glas gefüllt zu bekommen, Señora …«

»Irene«, sagte sie mit einem aufmunternden Blick.

»Ich heiße Delgado«, sagte er und schnippte mit den Fingern nach dem Barkeeper, der mit verständnisvollem Grinsen die Bestellung aufnahm. Nach zwei Gläsern Wein, einer Platte Tintenfisch und dem obligatorischen Brandy zum Kaffee standen sie vor der Bar und brauchten einen Augenblick, um sich zu orientieren. Der heiße Wind von der Sahara zerrte an den strohgedeckten Strandhütten und wirbelte den schwarzen Sand auf. Überall knatterten gemietete Seats, und Scharen von Urlaubern stürmten die Theke.

»Nichts für die blaue Stunde«, sagte Irene zu Delgado. »Haben Sie einen Untersatz?«

»Meiner ist leider in der Werkstatt.«

»Dann nehmen wir meinen.«

»Wenn Sie mich in Los Llanos absetzen könnten …« Sie schloss einen weißen Golf auf. »Sie gehören doch hoffentlich nicht zu den Männern, die nach zwei Glas Wein ein Magengeschwür vorschützen?«

»Soll das heißen, Sie haben nichts Besseres vor?«

»Ich habe nie etwas Besseres vor als das Beste«, sagte sie und warf ihm einen Blick zu, der Delgado endgültig klarmachte, dass die Frau eine ganz dicke Chance war, wenn er sie nur richtig anfasste – oder sich richtig von ihr anfassen ließ.

»In diesem Fall«, sagte er, »schlage ich vor, wir setzen den Nachmittag in Tazacorte fort. Idyllisches Fischrestaurant direkt am Meer, hervorragende Küche. Und zum Dessert den Sonnenuntergang.«

»Zum Dessert kann ich mir was Schmackigeres vorstellen als den Sonnenuntergang«, sagte Irene und steuerte den Golf in die Berge. Sie hielt am Ausgang eines Dorfs vor einer Bodega, die in einer Felsenhöhle lag, wo man recht angenehm zwischen den Fässern saß und Sherry trank.

Vor dem Abendessen waren sie längst beim Du, zum Dessert saßen sie Wange an Wange und hörten der Drei-Mann-Kapelle zu, und beim Brandy fragte Irene: »Zufrieden, Delgado?«

»Absolutamente«, antwortete er und überschlug dabei, was das Essen kosten konnte. Er hatte noch genug, um die Rechnung zu übernehmen, aber danach musste er zum Zug kommen. Irene war genau der Typ Frau, der sich am nächsten Tag, wenn man zur Sache kam, an nichts erinnern konnte: Ich wollte dir was leihen? Da musst du mich falsch verstanden haben, Schätzchen, so knapp, wie mein Mann mich hält ...

Sie pikte einen Daumennagel in seinen Schenkel. »Denkst du über mich nach?«

»Über die Sonne denkt man nicht nach. Nur über die Schatten.«

Sie strich ihm über die Wange. »Welche Schatten machen dir denn zu schaffen, Delgado?«

Er seufzte. »An einem solchen Abend sollte man nicht davon reden. Das bringt Unglück. Wie verwelkte Blumen, der böse Blick, Wörter wie nachdenken. Sprechen wir lieber über die Sonne.«

»Die Sonne, über die man nicht nachdenken kann?«

»Die Sonne, die Irene heißt.«

»Irene Beifaß-Jiménez – kann so eine Sonne heißen?«

»Ich habe schon Sonnen gekannt, die Hildegard Schmidt hießen.« Sie pikte ihn am Arm und sagte: »Du magst Frauen, das habe ich gleich gemerkt. Man trifft heute nur noch selten Männer, die Frauen mögen. Ich meine, richtig mögen, nicht verstehen oder toll finden oder einfach geil.«

»Mhm.«

»Und ich wette, das bringt dir bei Frauen etwas ein.«

»Wofür hältst du mich? Für einen Heiratsschwindler?«

Sie lachte und strich mit ihrem nackten Fuß über seine ausgelatschten Espadrilles. »Ich halte dich für das Gegenteil von meinem Mann – meinem Exmann, um genau zu sein. Roberto Jiménez.«

»Spanier?«

»Venezolaner.«

»Da fliegt viel Geld rum.«

»Das habe ich auch gedacht.«

»War aber nicht?«

Sie lächelte, aber es war kein vergnügtes Lächeln. »Vielleicht ergibt sich noch was, Roberto ist immer für eine Überraschung gut.«

»Ich dachte, ihr seid geschieden.«

»Man darf das Privatleben nicht mit dem Geschäftlichen vermengen.«

»Und warum bin ich Robertos Gegenteil?«

»Weil du bestimmt kein Hochstapler bist.«

»Dann hältst du mich also für einen Tiefstapler?«

»Ich halte dich für einen Mann, der weiß, dass er mich nicht ins Bett bekommt, wenn er mir nur weismacht, was für tolle Deals er laufen hat.«

Zeit, abzuhauen, dachte Delgado. Dass du mit deiner Erfahrung immer noch auf die Sorte reinfällst, die nur ihre kaputte Ehe an dir ablassen will, ihre kaputte Leber, ihre kaputte Welt. Aber wenn er jetzt das Essen bezahlte, blieben ihm höchstens noch 2500 Peseten und der Rückflug nach Teneriffa, wo sie vielleicht schon mit einem Haftbefehl warteten. Na schön, dachte er und benutzte sein Lächeln wie der Stierkämpfer seine Muleta.

»Willst du es nun oder nicht?«

Sie packte sein Knie. »Na endlich«, flüsterte sie, und dann setzte wieder die Kapelle ein.

Treffer beim ersten Versuch.

Die Sonne war schon untergegangen, aber sie hatten noch genug Licht, um das Auto zu finden und die Gestalt wahrzunehmen, die plötzlich vor ihnen auftauchte wie aus dem Inneren der Höhle entsprungen – ein schmaler Bursche mit verfilztem Haar, zerrissenem Hemd, zerlumpter Hose und einer Kette aus Eicheln um den Hals. Er bemerkte ihre Unsicherheit, griff in einen Korb und hielt Irene etwas Dunkles hin.

»Avocado«, sagte er heiser. Und fügte auf Spanisch, Englisch und Französisch hinzu: »Die Frucht des Landes.«

Delgado, der gerade 2850 Peseten für das Abendessen berappt hatte, seufzte und langte in die Hosentasche. Auf 50 mehr kam es nun auch nicht mehr an.

»Hier«, sagte er, »kauf dir ein Glas Wein und zieh Leine.«

»Er möchte sie mir schenken«, sagte Irene, nahm die Avocado und verstaute sie in ihrer Umhängetasche. »Und er möchte, dass wir ihn ein Stück mitnehmen.«

Beschwingt steuerte sie den Golf die Serpentinenstraße hinab, und Delgado spürte den säuerlichen Atem des Landstreichers in seinem Nacken.

»Wo kommst du her, *hombre*?«

Der Landstreicher schien ihn nicht zu verstehen. »*Bon país*«, sagte er, »La Palma.«

»Ich meine, deine Nationalität. Franzose? Engländer? Spanier?«

»Vorbei«, murmelte der Landstreicher, »*passé*, egal.«

»Hast du keine Papiere?«

»Du fragst wie ein Bulle«, mischte Irene sich ein.

»Ich bin nur neugierig.«

Der Landstreicher räusperte sich. »Hier ist es gut«, sagte er.

»Das ist die Straße ins Gebirge«, sagte Irene. »Wir können Sie auch ans Meer bringen.«

Er lächelte. »*Bon país*«, sagte er, »überall gut.«

Delgado ließ ihn aussteigen, dann gab er ihm eine Zigarette und fragte wieder: »Du hast keine Papiere mehr?«

Der Landstreicher zuckte die Achseln.

»Früher hatte ich Papiere«, sagte er, brach die Zigarette in zwei Teile und steckte eine Hälfte an. »Nationalität, Papiere, Schatten. Dann war ich lange weg.«

»Wo?«

Der Landstreicher zeigte in die Dunkelheit. »Seitdem brauch ich keine Nationalität mehr. Keine Papiere. Keinen Schatten.«

»Du brauchst keinen Schatten?«

Der Landstreicher nickte, inhalierte und bekam einen Hustenanfall.

»Quatschkopf«, sagte Delgado, ließ ihn stehen und sah sich auch nicht mehr nach ihm um.

»Du hättest ruhig etwas netter zu ihm sein können«, meinte Irene.

»Warte nur, bis dich seine Flöhe stechen.«

Sie lachte, und danach konnte er sich wieder ihrem Oberschenkel widmen, bis sie vor einem Appartementblock in den Außenbezirken von Los Llanos hielt. Sie gingen eng umschlungen hinein, und Irene brauchte ziemlich lange, bis sie den Schlüssel gefunden und das Licht angemacht hatte.

»Du tust ja, als hättest du seit einem Jahrhundert nichts mehr abbekommen«, stöhnte sie schließlich, ließ ihre Umhängetasche fallen und machte sich von ihm frei.

»Seit einem Jahrtausend«, sagte Delgado und sah sich um. Es war eines jener standardisierten Ferienappartements, die er bis zum Überdruss kannte – selbst die Bilder an den Wänden konnten alle aus dem Atelier des gleichen Kitschiers stammen, ob sie nun den Hafen von Ibiza, die Souks von Tanger oder den Vulkan Teneguia darstellten. Es roch nach welken Blumen und Desinfektionsspray. Er setzte sich aufs Bett. Die Betten waren meistens das Beste. Irene goss Brandy in zwei Gläser.

»Auf was trinken wir, Delgado?«

»Aufs nächste Jahrtausend.«

»Das ist mir zu weit weg.«

»Es hat schon angefangen.«

»Du tust mir weh.«

»Das hast du doch gern.«

»Bist du sicher?«

»Alle Frauen mit weißen Titten haben es gern.«

»Woher weißt du, dass ich weiße Titten habe?«

»Weil mir das geweissagt worden ist. Von einem Marabut in Meknès. Ein Jahrtausend musst du durch die sengende Wüste ziehen, hat er mir geweissagt, durch Frauen mit schwarzem Sand im Haar, mit Brüsten wie schwarze Lava, und dann – auf einer Insel im äußersten Westen – triffst du eine Frau mit der Sonne im Haar und Brüsten aus Pulverschnee. Und dann fängt das zweite Jahrtausend an.«

»Ich möchte noch einen Drink«, sagte Irene, nachdem sie seinen Mund erforscht hatte.

»Jetzt gleich?«

»Brandy tut gut dabei.«

»Ich hol ihn.«

Sie lachte, als sie die Ausbuchtung in seiner Hose

sah. Sie nahm einen großen Schluck Brandy, dann drückte sie das Glas auf seinen Dorn.

»Sieht ja aus, als wenn du schweres Geschütz auffährst.«

»Sieht nicht nur so aus.«

»Hoffentlich bist du keiner von denen, die ihr Pulver verschießen und dann die weiße Fahne hissen.«

Lass sie, dachte er. Manche müssen erst darüber quatschen. Er hatte schon Tage geduldig gewartet – bis an die Zähne bewaffnet mit Engelsgeduld –, zuletzt hieß es doch: Bargeld lacht. Und diesmal war es schließlich keine Zahnarzthelferin mit 1000 Mark auf dem Postsparbuch. Es war die Frau mit den schärfsten Titten seit tausend Jahren.

»Ist der Brandy nicht einsame Spitze?«, fragte sie.

»Einsam ist gut.«

»Wenn dich der Schuh drückt, zieh ihn nur aus.«

»Mach ich.«

»Ich dachte nicht an deine Schlappen, Delgado. Du kommst mir irgendwie verzweifelt vor. Mir kannst du alles beichten.«

Verzweiflung, nichts leichter als das. Er nahm auch noch einen Schluck.

»Du hast recht«, sagte er, »manchmal tut es gut, wenn man einen Zuhörer hat«, und dann brachte er die Story seines Lebens in der Variante für die alleinstehende Frau von 45 mit unerfüllten Muttersehnsüchten. Die Zahnarzthelferin-Variante hatte er intensiv geübt, aber je länger er diese abspulte – mit der Aussicht auf eine Schussfahrt durch Brüste aus Pulverschnee –, umso besser gefiel sie ihm. Vielleicht waren es die berühmten mittleren Jahre, das fünfte Jahrzehnt, das Jahrzehnt von Krise, Höllenfahrt und Läuterung, das der Story jetzt die entscheidenden Akzente verlieh. Vielleicht brauchte auch eine Story Kanten und Falten. Und graue Schläfen.

Als er fertig war, schlief sie mit offenem Mund, und im Schlaf sah sie eher aus wie 54, und als sie anfing zu schnarchen, rutschte Delgado langsam vom Bett und streifte seine Espadrilles über, bevor er geräuschlos mit ihrer Umhängetasche im Bad verschwand.

Die Avocado war glatt und kühl und fast reif. Er steckte sie in die Tasche – man konnte nie wissen. Dann fand er ihren Pass. »Irene Beifaß-Jiménez, 23. August 1941 in Mettmann, Wohnort Düsseldorf, s. S. 18« – er blätterte rasch um, dann fand er die Aufenthaltsgenehmigung, ausgestellt von der Verwaltung der Provinz Tenerife – und die Arbeitserlaubnis. Gültig für ein Jahr, ausgestellt vor einem halben Jahr in Santa Cruz de Tenerife. Na gut, die Schlampe bediente also im Köpi-Plaza oder beim

Dicken Otto, Saisonarbeit, Strandgut, Fallobst, es gab sie zu Hunderten, und solange sie noch Figur machten, war es immer noch fideler als in Mettmann bei Horten im Schnellimbiss. Bloß, dass die Schlampen vom Köpi kein kleines Vermögen mit sich herumschleppten, wenn sie sich ein Weekend auf La Palma gönnten.

Er steckte den Pass zurück. Die Börse, Delgado. Nun nimm dir schon endlich die Börse vor. Es war ein Handgriff, den er hasste und hinauszögerte, solange es nur ging, es war High Noon in der glühenden Mittagshitze, nur er und alle Bullen der Welt, es war der Sprung aus dem Flugzeug, das in Flammen stand. Es war eine Sache von zehn Sekunden, die dich für alle Zeiten festnageln konnte. Zieh's durch, Delgado. Entweder das, oder du darfst den Rest deines Lebens damit verbringen, beim Dicken Otto die Gläser zu spülen und von Pulverschnee zu träumen.

Er machte die Börse auf und entdeckte sofort den blauen Karton, der zwischen den Kreditkarten steckte. Kleingedruckt, in der linken oberen Ecke: »Irene Beifaß-Jiménez«. Großgedruckt, in der Mitte: »DETEKTEI EXPRESS – PUERTO DE SANTA CRUZ – TENERIFFA – DISKRETION IST OBERSTE DEVISE«.

»Allmächtige Scheiße«, flüsterte Delgado.

»Das kannst du ruhig laut sagen«, brummte Irene Beifaß-Jiménez, die in einem nachtblauen Frisiermantel in der Tür stand. Sie hatte sich sogar in aller Ruhe die Lippen nachgezogen, aber das, was sie in der Hand hielt, war die Waffe, die jetzt zählte – Delgado starrte direkt in den Lauf einer Pistole.

»Mach bloß keinen Scheiß«, flüsterte er. »Ich bekam plötzlich Hunger, da fiel mir die Avocado ein …«

»Mach dich doch nicht kleiner, als du bist, Delgado.« Ihre Stimme klang nicht unfreundlich. »Oder sollte ich dich lieber Richard nennen?«

»Richard?«

»Du wirst doch nicht vergessen haben, unter welchem Namen du im deutschen Fahndungsbuch stehst.« Sie las von einem Zettel ab, den sie in der anderen Hand hatte. »Petri, Richard, 16-07-45 Rüdesheim, alias Dr. Richard Penzler, alias Reinhold Pölzgen, alias Roland Palmer, Steuerhinterziehung, betrügerischer Bankrott, Urkundenfälschung, Devisenvergehen, Unterschlagung …«

Es war eine Litanei in einer toten Sprache. Er hatte sie in all den Jahren an den Stränden und in den Häfen längst vergessen wie die toten Sprachen, die man am Gymnasium lernte – nicht für die Schule, sondern fürs Leben; aber wenn das Leben darin besteht, eine Flamme für die Nacht aufzutreiben und das Fahrgeld zur nächsten Insel, dann vergisst man, was Steuerhinterziehung bedeutet und betrügerischer Bankrott, und man lernt, ob man schon beim zweiten Glas die Zahnarzthelferinnen-Variante auftischt, in welchem Licht man den ersten Kuss anbringt und wann man am nächsten Morgen fragt: »Du, ob du mir aushelfen kannst?«

Er lachte und stand auf. »Und nun hast du mich also geschnappt. Ein toller Coup. Wie viel Kopfgeld bin ich denn der Staatsanwaltschaft noch wert?«

»Ich glaube, du brauchst noch einen Brandy, Delgado.«

Delgado klang gut. »Nichts dagegen.«

»Dann komm ins Zimmer, aber versuch nichts, was du bereuen müsstest.«

»Das habe ich längst hinter mir.« Der Brandy schmeckte nach allem, was man noch vom Leben haben wollte. Irene verzichtete auf einen Drink. »Seit wann machst du diesen dreckigen Job, Irene?«

»Ich war früher bei der Kripo in Mettmann. Und sauberer als das, was du machst, ist er allemal.«

»Ich weiß nicht, ob der Lockvogel zum Dieb sagen darf, dass sein Job sauberer ist.«

»Du gibst also zu, dass du ein Dieb bist?«

»Definition ist nicht meine Stärke.«

»Dann will ich mal deine Situation definieren, Schätzchen. Du stehst im deutschen Fahndungsbuch und auf der Fahndungsliste von Interpol, das heißt, nördlich der Linie Madrid–Rom–Athen kannst du dich nicht blicken lassen, egal, mit welchem gefälschten Pass. Der hier ist doch gefälscht?«

Sie zauberte ihn aus ihrem Frisiermantel, den guten spanischen Pass, den er im Winter in Bilbao einem ETA-Mann für ein kleines Vermögen abgekauft hatte, preisbewusst, wie Politische nun mal waren. Er musste ihm beim Versuch, ihre Gletscherspalte zu erforschen, aus der Hose gerutscht sein. Und jetzt lag zwischen ihm und seinem Fluchtweg eine Knarre.

»Der ist nicht gefälscht«, flüsterte er. »Das bin ich – Juan Delgado – das ist mein Eigentum, du verdammte Düsseldorfer Bullennutte …«

»Behalt die Flossen oben, Schätzchen. Ich bin mit der kleinen Lagebeschreibung noch nicht fertig. Da läuft nämlich noch eine Personenfahndung auf Teneriffa, wir haben das gecheckt mit der Guardia Civil. Die Travellerschecks, die du eingelöst hast, stammen aus einem Einbruchdiebstahl in Osnabrück.«

»Da sieh mal an, was in Deutschland los sein muss.«

»Es sieht nach ein paar Jahren in der Kiste aus, Delgado.«

»Du glaubst doch nicht, dass du es fertigbringst, mich in Teneriffa abzuliefern, du Luder.«

»Es reicht völlig, wenn ich dich bei der Guardia Civil in Los Llanos abliefere. Und dazu genügt ein Anruf.«

»Von der Kripo zu den Kopfjägern«, krächzte Delgado.

»Andererseits könnten wir natürlich auch einen Deal machen«, sagte sie ungerührt.

»Tut mir leid, ich bin pleite.«

»Du bist ein Desperado, Delgado. Und Desperados taugen in deiner Branche nichts. Wenn du so weitermachst, nehmen sogar die Omis vor dir Reißaus.«

Sie schenkte ihm noch einen Brandy ein, wobei der Lauf ihrer Pistole genau auf sein Herz zielte. Ein schneller Schlag, und die Sache wäre ausgestanden gewesen. Aber für schnelle Schläge brauchte man eine ausgeruhte Hand. Und Amazonen wie Irene konnten garantiert Karate. Er trank lieber noch einen Schluck.

»Dafür taugen Desperados für andere Geschäfte«, sagte sie und stellte die Flasche auf ein Sideboard. »Wenn man nichts mehr zu verlieren hat, kann man doch eigentlich nur noch gewinnen.«

Hast du eine Ahnung, Schlampe, dachte Delgado und setzte das Glas an die Lippen, nippte aber nur. »Du hast von einem Deal gesprochen«, sagte er. »Worum geht es dabei?«

»Um Roberto Jiménez«, flüsterte Irene drama-
tisch. »Um einen Trip nach Westen, Delgado. Um
eine Ladung Koks, die uns alle reich machen kann.
Stinkreich.«

Die braucht keinen Brandy, wurde Delgado klar.
Die hat einen Schatten weg, der alle schlägt. Die ist
das pure Gift für einen Mann, der von seinem Schatten lebt. Jesus, ist die vielleicht bescheuert, dachte
er, als sie ihm immer näher rückte mit ihrem roten
Mund und ihrer Knarre und der Story, wie sie ihrem Exmann eine Ladung Koks abjagen und in Düsseldorf verscheuern wollte – der schiere Wahnsinn.
Dagegen sind ein paar Jahre in der Kiste direkt eine
vergnügliche Veranstaltung, dachte Delgado, dagegen bist du der König der Vernünftigen, und dann
schleuderte er ihr das Glas Brandy ins Gesicht und
ließ sich gleichzeitig fallen und versuchte, ihr die
Beine wegzureißen, was ihm auch gelang. Dann lagen sie in einer wilden Umarmung auf dem Bett, und
sie biss in seine Hand, die versuchte, an die Waffe
zu kommen, und er schrie auf und hatte Sterne vor
den Augen und drückte mit aller Kraft zu, und dann
fiel der Schuss, und nach einer Ewigkeit wurde ihm
klar, dass nicht er getroffen war, sondern das nacht-
blaue Bündel mitten im Bett, dieser bebende Hügel
aus Pulverschnee, der sich rot färbte und stillhielt.

Als er an der Ecke war, fiel Delgado der Pass ein, aber noch im Laufen wusste er, dass es sinnlos war, danach zu suchen. Er lief weiter, und als die letzten Häuser hinter ihm lagen, ging die Sonne über den Bergen auf. Von der Straßenbiegung aus sah er über die Bucht von Tazacorte und blieb stehen. Er starrte hinaus auf das Meer, bis er merkte, dass ihm das Meer ganz gleichgültig war, und dann entdeckte er, an einen Baum gelehnt, den Landstreicher, aber als er weiterlief, stellte er fest, dass ihm noch etwas fehlte außer seinem Pass und seiner Zukunft. Er hatte keinen Schatten mehr.

Henry Slesar

Bulle im Schaukelstuhl

Detective Lieutenant Herb Finlay saß auf der Veranda seines Ferienhäuschens und missbrauchte den Schaukelstuhl zum Stillsitzen. Damit übertrat er die ärztlichen Anordnungen zwar nur geringfügig, fand es aber sehr befriedigend, reglos dazusitzen und mürrisch auf die Baumwipfel und die Küstenlinie Maines zu blicken, hinüber zu dem Wild, das er nicht jagte, und zu den Fischen, die er nicht an Land holen durfte.

Der Polizeiarzt hatte sich ziemlich drastisch geäußert. »Für einen Bullen wie dich, Finny«, knurrte er, »ist Jagen und Fischen keine Entspannung, sondern nur ein Ersatz für die Verbrecherjagd. Ich will, dass du dich *ausruhst* – und damit meine ich einen Urlaub im Schaukelstuhl, du alter Dummkopf.«

Natürlich war Finny noch gar nicht alt, erst neunundfünfzig – nur seine Arterien waren zu schnell gealtert. Eines schönen Morgens hatte er auf dem Weg zur sechshundertvierundzwanzigsten Verhaftung seiner Karriere einen Herzanfall erlitten und war ins

Bett verbannt worden. Wegen guter Führung wurde er schließlich in die Obhut von frischer Luft, Sonnenschein und totaler Ruhe entlassen. »Du rührst keinen Finger«, forderte man ihn auf. »Vergiss, dass du Bulle bist, tu mal so, als wärst du eine Pflanze.« Nach zweiunddreißig Jahren war das der schlimmste Befehl, den er je bekommen hatte.

Finny griff nach dem Feldstecher und suchte mit Adleraugen die Bäume ab. An der Küste entdeckte er eine Gruppe sauberer kleiner Häuser mit weißen Dächern, die wie Kekse in der heißen Mittagssonne buken. Gute zehn Minuten lang beobachtete er die Gebäude. Dann neigte er den Stuhl zurück und versuchte zu schlafen. Fünf Minuten später richtete er das Fernglas wieder auf die Häuser. Schließlich stand er auf, ging in das kühle Innere der Hütte und griff nach dem Telefon. Er probierte aus, wie lang die Schnur war, und stellte fest, dass er den Apparat mit zum Schaukelstuhl nehmen konnte. Er setzte sich den Apparat in den Schoß und wählte die Hotelvermittlung.

»Würden Sie mich bitte mit Mr. Bryer verbinden?«, fragte er. Die Telefonistin kam der Aufforderung nach, und Bryer meldete sich mit der für einen Hotelwirt typischen Frage. »Ja, alles in Ordnung, in bester Ordnung«, knurrte Finny. »Ein Paradies auf Erden. Ich wollte Sie nur was fragen. Wissen Sie

Näheres über die Häusergruppe drüben am Wasser? Etwa drei bis vier Meilen von hier, im Südosten.«

Bryer antwortete im entschuldigenden Tonfall. »Sie meinen sicher die Rose-Valley-Siedlung. Kleine Häuser mit weißen Dächern? Die ganze Landschaft ist verschandelt, aber was kann man gegen den Fortschritt machen?«

»Wie viele Häuser gibt's da insgesamt?«

Ein Dutzend. Bis auf drei sind alle verkauft. Aber hören Sie, wenn Sie sich hier niederlassen wollen…«

»Wollte es nur mal wissen«, sagte Finny tonlos. »Sie kennen nicht zufällig die Familien, die da wohnen?«

»Ich? Nein, Sir, das geht mich nichts an. Bill Jessup kann Ihnen da sicher mehr sagen; er ist der Grundstückskönig in unserer Gegend. Wollen Sie sich wirklich danach erkundigen?«

»Das geht Sie auch nichts an.«

Finny legte auf und meldete sich wieder bei der Dame in der Vermittlung. Über die Auskunft ließ er sich Jessups Nummer besorgen und sprach zwei Minuten später mit dem Grundstückskönig.

»Aber natürlich kenne ich die Familien. Ich habe doch jedes Haus persönlich verkauft. Wer spricht da bitte?«

»Ich bin Detective Lieutenant Herbert Finlay«, sagte Finny langsam und betonte seinen Rang.

Jessup spulte eine Liste mit Namen herunter. Finny interessierte sich nicht für die Buchanans, die gerade auf Reisen waren, um Mrs. Buchanans Mutter zu besuchen; auch nicht für die Sandhursts, die sich im Ausland aufhielten; oder für die Parkers, die in den Ferien waren (Finny fragte sich, wo man Urlaub macht, wenn man schon in Maine wohnt). Ebenso wenig interessierten ihn die anderen vier Familien, die noch nicht eingezogen waren. Die verbleibenden fünf waren die Cotters, die Wilsons, die Twynams, die Pilchaks und die Smileys.

»Gibt's irgendetwas über diese Familien zu berichten?«, fragte Finny. »Interessanten Klatsch, solche Sachen?«

»Jetzt hören Sie mal«, sagte Jessup mit einem Anflug von Schärfe. »Ich bin Grundstücksmakler und kein Klatschmaul. Wenn Sie Klatsch hören wollen, müssen Sie mit Hal Crump reden, nicht mit mir. Ich habe zu viel zu tun.«

»Wer ist Hal Crump?«, fragte Finny.

Crump war der Starkolumnist der Ortszeitung, eines Sechs-Seiten-Blattes mit dem Titel *The Yankee Trader*. Schon am Telefon war er recht zugänglich und versorgte Finny gern mit den gewünschten Informationen.

»Die Cotters«, sagte Crump kichernd, »sind frisch verheiratet und lassen sich dementsprechend wenig blicken. Die Wilsons sind Mitte fünfzig und sehen bloß fern. Die Twynams stammen aus einer alten Neuenglandfamilie, ruhige Leute. Die Pilchaks sind launenhaft. Die Smileys sind die Schlimmsten; er trinkt und verprügelt sie. Die Polizei ist schon fünf- oder sechsmal dort gewesen ...«

»Ah«, sagte Finny, den das hübsche runde Wort »Polizei« sehr befriedigte.

Als Nächstes rief er das Revier an und landete bei einer ordentlich barschen Sergeantenstimme.

»Ich heiße Finlay«, sagte er. »Detective Lieutenant bei der Mordkommission. Achtes Revier.« Dann stellte er seine Fragen.

»Smiley?«, gab der Sergeant zurück. »Himmel ja, in der letzten Woche sind wir dreimal draußen gewesen, das letzte Mal gestern. Der Mann verprügelt seine Frau. Walkt sie tüchtig durch, dabei ist sie sehr zerbrechlich, eine richtige Puppe.«

»Wo ist er jetzt? Hinter Gittern?«

»Nein, wir konnten ihn nicht hierbehalten; er ist auf Kaution frei. Wenn ich's recht bedenke, ist er erst vor ein paar Stunden nach Hause marschiert. Sah ziemlich wütend aus. Würde mich nicht überraschen, wenn wir heute Abend wieder angerufen werden.«

»Eine letzte Frage«, sagte Finny. »Wohnen die Smileys im dritten Haus auf der Ostseite der Siedlung? In der Nähe der Birkenbäume?«

»Aber ja, das ist das Haus!«

»Dann würde ich an Ihrer Stelle nicht auf den Anruf warten, Sergeant«, sagte Finny. »Ich würde sofort hinfahren.«

»Was ist denn los?«

»Fahren Sie schon!«, sagte der Kriminalbeamte barsch. »Spannen Sie an und fahren Sie los, ehe es zu spät ist.«

»Was geht denn vor? Schlägt er sie schon wieder?«

»Ich glaube, diesmal ist es Mord«, sagte Finny grimmig.

Eine Stunde später klingelte das Telefon. Finny war in der heißen Sonne eingeschlafen, den Apparat im Schoß, und hätte den alten Schaukelstuhl vor Schreck fast umgekippt.

»Lieutenant?« Die Stimme des Sergeants klang schrill. »Um Himmels willen, woher haben Sie das gewusst? Ich meine, Ihre Hütte ist doch vier Meilen entfernt!«

»Was liegt an?«, fragte Finny. »Was ist bei den Smileys los?«

»Wir kamen zu spät, aber die Frau hat keinen Ärger gemacht. Saß mit der blutigen Axt im Keller und wartete darauf, dass die Leiche des alten Knaben im Heizofen verbrannte. Wer weiß – vielleicht wäre sie sogar damit durchgekommen, wenn

Sie nicht angerufen hätten. Woher *wussten* Sie das, Lieutenant?«

»Ach, es ist mir so zugeflogen«, antwortete Finny, und eine angenehme Wärme breitete sich in ihm aus. »Als ich mir die hübschen kleinen Häuser anschaute und den Schornstein rauchen sah, als wäre er ein Fabrikschlot, da musste ich mich doch fragen, was man wohl am heißesten Tag des Jahres verbrennen könnte.«

Als er aufgelegt hatte, begann er zufrieden zu schaukeln.

Friedrich Glauser

Kriminologie

Die Geschichte ist unmoralisch, das sei vorausgeschickt, aber da sie in jenen fernen Zeiten spielt, in denen gewisse Methoden zum ersten Mal in der Kriminalistik angewandt wurden, schadet es wohl nichts mehr, wenn man sie erzählt.

Ein junger Untersuchungsrichter war in eine kleinere Stadt gewählt worden, die der Sitz eines Schwurgerichtskreises war. Viele Verbrechen passierten dort nicht, aber der junge Jurist (übrigens hat er selbst mir die Geschichte erzählt, er war im Alter ein abgeklärter, humorvoller Staatsanwalt geworden) hatte sich vorgenommen, die damals durch Locard in Lyon und Reiß in Lausanne erfundenen und ausgebauten Methoden zu seinem Nutzen anzuwenden. Es handelte sich um Erd- und Stäubchenuntersuchungen, chemisch und mikroskopisch, Fotografieren mit ultraviolettem Licht und andere schöne Dinge mehr, die heute jedes Kind kennt, die damals aber ziemlich neu waren. Ein Laboratorium wurde eingerichtet, nicht zu kostspielig, denn der Kredit war beschränkt, immerhin wurden ein gutes Mikroskop und eine gute Kamera angeschafft, denn der Untersuchungsrichter gedachte, die Geschworenen, falls es einmal zu einem großen Prozess kommen sollte, mit wohlgelungenen Aufnahmen, die er im Gerichtssaal projizieren lassen wollte, zu verblüffen. Zur Leiterin der Untersuchungsstelle wurde eine sechsundzwanzigjährige Dame bestimmt, mit Vornamen hieß sie Hilde und war diplomierte Chemikerin.

Die junge Dame war nicht hübsch, aber ziemlich resolut. Sie duldete niemanden in ihrem Laboratorium; das war auch nicht nötig, denn die Arbeit langte kaum für sie. Einmal gab es ein Testament mit einem gefälschten Datum, ein andermal eine üble Mordaffäre, in der ein Unschuldiger fast verurteilt worden wäre auf verdächtige Blutflecken an seinem Anzug hin, aber dann war es doch nur Hühnerblut, und der wahre Schuldige, ein Landstreicher, konnte der Tat überführt werden. In beiden Fällen hatte das Laboratorium oder vielmehr die Laborantin die nötigen Beweise geliefert. Beide Male strahlte der Untersuchungsrichter und wurde vom Staatsanwalt belobt. Mehr wollte er nicht. Fräulein Hilde hatte sich eine Zweizimmerwohnung in einem Häuschen an der Stadtgrenze eingerichtet. Dort wohnte sie einsam. Der Untersuchungsrichter besuchte sie manchmal, aber da er sich immer von seiner Schwester begleiten ließ, fand niemand etwas Anstößiges dabei. Man munkelte von einer baldigen Heirat. Daheim trug Fräulein Hilde gewöhnlich einen wunderbaren violetten Schlafrock aus glänzender Seide. Der stand ihr gut.

Dann kam die große Affäre. Eines Abends gegen zehn Uhr wurde ein reicher Händler des Städtchens in einer dunklen Gasse angefallen, durch einen Faustschlag betäubt und ihm eine Brieftasche samt Inhalt geraubt. Der Mann erholte sich bald, wankte zum Polizeiposten und gab dort an, man habe ihm eine in die Fünfzigtausend gehende Summe gestohlen. Sein Mantel (es war ein Raglan aus einem faserigen Gewebe) war zerrissen, dem Rock darunter fehlten die Knöpfe, kurz, es schien viel Gewalt angewandt worden zu sein. Nach den Nummern der Banknoten gefragt, konnte er diese nicht angeben: Er habe bei Bauern Rechnungen einkassiert, die Leute, die ihn bezahlt hätten, würden die Nummern auch nicht anzugeben wissen, sie hätten das Geld entweder schon lange im Hause gehabt oder von Viehhändlern bekommen. Kurz, diese Spur führte von Anfang an nirgends hin.

Am nächsten Tag ließ der Untersuchungsrichter Fräulein Hilde kommen und überschüttete sie mit Theorien. »Wenn wir den Verdächtigen haben«, sagte er, »wird seine Schuld leicht zu beweisen sein. Denken Sie doch, mit welcher Gewalt der Mantel aufgerissen worden ist. Unter den Nägeln des Täters werden sicher Bruchteile der Härchen zu finden sein. Stäubchen nur, aber überführend! Überführend! Und wenn er leugnet: die Diapositive! Die Diapositive, die Sie anfertigen werden! Nur einen Verdächtigen! Hätten wir nur einen Verdächtigen!«

Am Abend wurde ein gewisser Niemayer auf die Aussage seiner Wirtin hin verhaftet. Hübscher blonder Bursch, robust, etwa achtundzwanzigjährig, Commis bei eben jenem Händler, der überfallen worden war. Niemayer sei in der vorhergehenden Nacht überhaupt nicht daheim gewesen, sagte die Wirtin aus. Der Untersuchungsrichter überraschte den Polizisten, der die Verhaftung vorgenommen hatte, am Telefon mit der Frage: »Hat der Mann seine Hände gewaschen?« – »Warten Sie«, sagte der Polizist, ging hin, inspizierte die Hände des Häftlings, kam zurück und meldete: »Nein, die Hände sind dreckig.« – »Passen Sie auf, dass er sie nicht wäscht!« Dann begab sich der Untersuchungsrichter zusammen mit Fräulein Hilde ins Bezirksgefängnis. Niemayer saß in der Zelle, er musste die Hände herhalten, Fräulein Hilde grübelte ihm mittels eines weichen Hölzchens den Schmutz unter den Nägeln hervor. Dazu bemerkte Niemayer: »Wird man jetzt im Gefängnis auch manikürt?« – »Wir werden Ihnen Maniküre geben, mein Lieber, diese wenigstens wird Sie ein paar Jahre kosten.« – Der Untersuchungsrichter ging noch schnell Papier und Feder holen, der Schmutz wurde in ein Papierchen verpackt, Fräulein Hilde musste auf dem Päckchen unterschreiben. Draußen sagte der Untersuchungsrichter noch: »Sie wissen, dass Sie vereidigt sind, Fräulein Hilde?«

»Ja«, sagte die junge Dame.

Niemayer leugnete am nächsten Tage. Sein Ausbleiben in jener Nacht versuchte er durch eine schwere Migräne zu erklären, die ihn zu einem Nachtspaziergang veranlasst habe. Die klassische Ausrede. Der Untersuchungsrichter lachte. Der Raglan des Händlers wurde geschabt, der Staub sollte mit dem Schmutz unter Niemayers Nägeln verglichen werden. Stimmten die beiden überein, so war Niemayer geliefert. Der Händler hatte angegeben, er habe den Mantel nie mit ins Büro genommen.

Am Abend ging der Untersuchungsrichter ins Laboratorium. »Nun, wie ist das Ergebnis?«

»Negativ«, sagte Fräulein Hilde kalt. Der Untersuchungsrichter tobte. Fräulein Hilde schwieg, drehte den Projektionsapparat an. Auf dem weißen Tuch erschien ein Kreis mit verknäuelten, merkwürdig glänzenden violetten Würmern. »Das war unter Niemayers Nägeln«, sagte Fräulein Hilde. »Und das sind die Raglanabfälle.« Ein neuer Kreis erschien, schwarze, matte Strick-Enden. Keine Ähnlichkeit zwischen beiden. »Wenn Sie mir nicht glauben«, sagte Fräulein Hilde, »lassen Sie's von einem andern Laboratorium untersuchen. Hier sind die Päckchen.« Und sie streckte dem Untersuchungsrichter zwei kleine Papiersäcke hin. Er winkte ab und ging geknickt nach Hause. Die Untersuchung gegen Niemayer wurde fallen gelassen. Zeugen gab es keine. Niemayer verließ bald darauf die Stadt. Nach sechs Monaten kündigte Fräulein Hilde. Der Untersuchungsrichter blieb Junggeselle. Die Versicherung deckte den Schaden des Händlers.

Nach zehn Jahren etwa machte jener Untersuchungsrichter, der inzwischen Staatsanwalt geworden war, mit Freunden eine Autotour in die Provence. Der Gesellschaft war in einem kleinen Städtchen ein Hotel als gut geführt empfohlen worden. Sie stieg dort ab. Der Wirt war ein blonder, robuster Mann, der dem ehemaligen Untersuchungsrichter und nunmehrigen Staatsanwalt bekannt vorkam. Aber er grübelte nicht weiter darüber nach, er hatte viele Gesichter gesehen. Bis am Schluss des Abendessens die Wirtin erschien – da blieb ihm der Mund offen stehen, und er wollte aufspringen. Die Wirtin lächelte ihn an, neigte sich über seinen Stuhl und flüsterte resolut: »*Monsieur le procureur*, kommen Sie dann noch ein wenig zu uns, auch mein Mann wird sich freuen.«

Im Salon des Ehepaares trank der Staatsanwalt zuerst zwei Gläser Medoc. Das stimmte ihn sanftmütiger. Fräulein Hilde, jetzt Frau Niemayer, war nicht hübscher geworden, aber energisch war sie geblieben. »Die Geschichte ist verjährt«, sagte sie, »unnütz, sie wieder aufzurufen. Ich bin glücklich und habe zwei Kinder. Der Mann ist ganz anständig, ich kann mich nicht beklagen.« Sie klopfte Herrn Niemayer auf die Schulter. »Aber ich sollte Ihnen erzählen, wie es zugegangen ist, nicht?« – Der Staatsanwalt nickte. »Sie sind doch damals ein paar Minuten aus der Zelle gegangen, um Papier, Tinte und Feder zu holen? Diese Minuten hab ich benutzt. Ich hab ihm gesagt: ›Ich hau dich raus, aber du musst mich dann heiraten, ich will nicht mein Leben lang Angestellte bleiben. Wir machen ein Geschäft auf mit dem Geld. Aber du wirst anständig bleiben. Verstanden? Ich werd dich schon dazu zwingen. Ist das Geld gut versteckt?‹ Er hat genickt. Und warum ich so zu ihm gesprochen hab? Weil er mir gefallen hat. Ich hab dann zur Sicherheit zwei Klischees angefertigt, von seinem Nagelschmutz und vom Raglanstaub. Sie waren beide zum Verwechseln ähnlich. Die hab ich aufbehalten, bis ich sicher war, dass er brav sein würde – und auch, um ihn zu zwingen, bei mir zu bleiben. Das war dann nicht nötig. Er hat sich nämlich auch in mich verliebt.«

»Aber«, sagte der Staatsanwalt, »die violetten Partikelchen, die Sie mir gezeigt haben?«

»Nun«, sagte das frühere Fräulein Hilde geduldig, »es konnte doch auch schiefgehen. Er hätte ein Alibi brauchen können. Dann wäre er eben die Nacht bei mir gewesen. Nicht wahr?«

»Dann waren die glänzenden violetten…«

»Mein Gott«, sie zuckte nachsichtig mit den Achseln, »ich hab ein wenig an meinem Schlafrock herumgekratzt.«

Georges Simenon

Die Todesstrafe

In solchen Fällen ist die größte Gefahr, dass man es einfach leid wird. Sie lagen schon seit zwölf Tagen auf der Lauer, wie man so schön sagt. Inspektor Janvier und Wachtmeister Lucas wechselten sich mit unerschöpflichem Gleichmut ab, aber den Großteil der Überwachung hatte Kommissar Maigret übernommen, geschlagene hundert Stunden, denn er war der Einzige, der wenigstens ungefähr wusste, worauf er hinauswollte.

An diesem Morgen hatte Lucas vom Boulevard des Batignolles aus angerufen:

»Die Vögelchen scheinen ausfliegen zu wollen… Das Zimmermädchen sagt, sie packen gerade ihre Koffer…«

Um acht schob Maigret Wache in einem Taxi, unweit des Hôtel Beauséjour. Zu seinen Füßen stand ein Koffer.

Es regnete. Es war Sonntag. Um Viertel nach acht trat das Paar mit drei Koffern aus dem Hotel und winkte ein Taxi herbei. Um halb neun hielt das Taxi vor der Gare du Nord, gegenüber der großen Uhr. Auch Maigret ließ sein Taxi anhalten und stieg aus. Ohne sich im Geringsten zu verstecken, setzte er sich an einen kleinen runden Tisch auf der Café-Terrasse, direkt neben die »Vögelchen«.

Ein feiner Sprühregen fiel, und es war kalt. Das Paar hatte neben einem Kohlebecken Platz genommen. Als die beiden den Kommissar erblickten, zuckte die Hand des Mannes unwillkürlich zu seiner Melone hoch, während seine Begleiterin ihren Pelzmantel noch enger um sich zog.

»*Garçon*, einen Grog, bitte!«

Das Paar bestellte auch Grog, und während die Passanten sich an ihnen vorbeischoben, lief der Kellner hin und her, als wäre es ein ganz gewöhnlicher Sonntagmorgen vor einem großen Bahnhof und als stünde nicht der Kopf eines Mannes auf dem Spiel.

Der Uhrzeiger ruckte langsam vor, und um neun Uhr erhob sich das Paar und ging zum Ticketschalter.

»Zweimal nach Brüssel, einfach, zweite Klasse.«

»Einmal nach Brüssel, einfach«, sagte Maigret, wie ein Echo.

Die überfüllten Bahnsteige, der Schnellzug, die Suche nach einem Sitzplatz, das Abteil ganz vorn beim Triebwagen, in das sich das Paar schließlich zwängte und wo der Kommissar seinen Koffer im

Gepäcknetz verstaute. Abschiedsküsse. Der junge Mann mit der Melone stieg noch einmal aus, um Zeitungen zu kaufen, kam mit einem Stapel Zeitschriften zurück.

Es war der Schnellzug nach Berlin. Man drängte sich. Man sprach alle möglichen Sprachen. Kaum fuhr der Zug an, vertiefte sich der junge Mann in seine Zeitungslektüre, während seine Begleiterin, die zu frösteln schien, ihre Hand auf seine behandschuhte Hand legte.

»Gibt es auch einen Speisewagen?«, fragte jemand.

»Nach der Grenze, glaube ich«, antwortete jemand anderes.

»Halten wir am Zoll?«

»Nein, die Kontrolle findet im Zug statt, nach Saint-Ouen.«

Die Vororte, dann, soweit der Blick reichte, Wald, dann Compiègne, wo der Zug nur ganz kurz hielt. Von Zeit zu Zeit sah der junge Mann verstohlen von seiner Zeitung auf und in Maigrets ausdrucksloses Gesicht.

Er war müde, das sah man ihm an. Maigret, der seinem Gegenüber immer wieder ebenso verstohlene Blicke zuwarf, fand ihn noch blasser als an den vorangegangenen Tagen, noch nervöser, noch verkrampfter; er hätte schwören können, dass der junge Mann außerstande wäre zu sagen, was er gerade las.

»Hast du Hunger?«, fragte die junge Frau.

»Nein.«

Alles rauchte, Zigaretten oder Pfeife. Draußen war es düster, und in den Ortschaften, an denen sie vorbeikamen, waren die Straßen nass und menschenleer, wohl weil alle in der Kirche bei der Sonntagsmesse waren.

Maigret machte keine Anstalten, sich die Einzelheiten des Falls zu vergegenwärtigen, denn seit Wochen beschäftigte er sich mit nichts anderem, und er war es leid.

Der Mann war schlicht gekleidet, eher wie ein Engländer als wie ein Pariser: ein stahlgrauer Anzug, ein Regenmantel mit verdeckter Knopfleiste, eine Melone. Der Regenschirm, den er ins untere Gepäcknetz gelegt hatte, vervollständigte das Bild.

Wäre zufällig sein Name gefallen, alle wären zusammengezuckt, denn in den meisten Zeitungen, die die Reisenden auf den Knien aufgeschlagen hielten, war immer noch von ihm die Rede.

Ein schöner Name: Jehan d'Oulmont, alter belgischer Adel, die Familie hatte in der Geschichte keine geringe Rolle gespielt.

Jehan d'Oulmont war blond, mit feinen Zügen: Er hatte empfindliche Haut und neigte zum Erröten und zu nervösen Ticks.

Zweimal schon hatte er Maigret in seinem Büro

bei der Kriminalpolizei gegenübergesessen, und zweimal hatte der Kommissar den jungen Mann über Stunden in die Knie zu zwingen versucht.

»Geben Sie's zu, seit zwei Jahren hat Ihre Familie nicht besonders viel Freude an Ihnen.«

»Das geht nur meine Familie etwas an.«

»Sie haben in Louvain Jura studiert, sind aber von der Universität geflogen, weil Sie sich dort schändlich aufgeführt haben.«

»Weil ich mit einer Frau zusammengelebt habe.«

»Immerhin mit einer Frau, die von einem Antwerpener Diamantenhändler ausgehalten wurde.«

»Das tut nichts zur Sache.«

»Ihre Familie hat Sie verstoßen, und da sind Sie nach Paris gekommen, haben sich aber hauptsächlich bei den Pferderennen und in Nachtlokalen rumgetrieben ... Sie haben sich als *Graf* d'Oulmont ausgegeben, ein Titel, der Ihnen gar nicht zusteht.«

»Manchen Leuten scheint das zu gefallen.«

Bleich saß er vor ihm, ließ sich aber nicht aus der Ruhe bringen.

»Als Sie Sonia Lipchitz kennenlernten, wussten Sie, wen Sie vor sich hatten ...«

»Ich maße mir nicht an, eine Frau nach ihrer Vergangenheit zu beurteilen.«

»Mit ihren dreiundzwanzig Jahren hatte Sonia Lipchitz schon eine ganze Reihe von ›Beschützern‹.

Der Letzte hat ihr ein kleines Vermögen hinterlassen, das sie in wenigen Monaten durchgebracht hat.«

»Was beweist, dass ich uneigennützig bin, denn ich bin ja quasi zu spät auf der Bildfläche erschienen.«

»Sie wussten, dass Ihr Onkel, Graf Adalbert d'Oulmont – in Ihrer Familie gibt es wirklich kuriose Vornamen –, einmal im Monat nach Paris kam und für ein paar Tage im Hôtel du Louvre abstieg…«

»Zum Ausgleich für das untadelige Leben, zu dem er sich in Brüssel gezwungen fühlte.«

»Wie auch immer… Ihr Onkel hat als Stammgast des Hotels immer dieselbe Suite reserviert, Nummer dreihundertachtzehn. Jeden Morgen ritt er im Bois de Boulogne aus und ging dann zum Mittagessen in eins der angesagten Cabarets. Anschließend zog er sich bis um fünf in seine Suite zurück.«

»Er musste sich wahrscheinlich ausruhen«, gab der Neffe höhnisch zurück. »Er war schließlich nicht mehr der Jüngste.«

»Anschließend ließ er einen Friseur und eine Maniküre kommen, und dann trieb er sich an den Orten herum, wo hübsche junge Frauen anzutreffen sind, bis etwa zwei Uhr früh.«

»Stimmt ebenfalls.«

Der Graf, einst ein vornehmer Diplomat, war mit der Zeit immer mehr in der Rolle des alten Beaus aufgegangen. Nicht einmal die Perücke hatte gefehlt.

»Ihr Onkel war reich.«

»So höre ich immer.«

»Er hat Ihnen mehrmals finanziell aus der Patsche geholfen.«

»Und mir eine Gardinenpredigt gehalten. Damit waren wir quitt.«

»Zwei Tage vor seinem Tod haben Sie ihm in einer Bar an den Champs-Élysées Ihre Geliebte, Sonia Lipchitz, vorgestellt.«

»Sie hätten Ihrem Onkel doch auch Ihre Frau vorgestellt, oder?«

»Verzeihung! Sie waren zu dritt zum Aperitif verabredet, aber dann haben Sie die beiden wegen eines angeblichen Geschäftsessens allein gelassen. Zu diesem Zeitpunkt nagten Sie und Sonia Lipchitz bereits am Hungertuch, wie man so schön sagt. Lange haben Sie ja im Hôtel de Berry bei den Champs-Élysées gewohnt, wo Sie ganz dick in der Kreide stehen, mussten dann aber in eine mehr als bescheidene Absteige am Boulevard des Batignolles umziehen.«

»Werfen Sie mir das etwa vor?«

»Allem Anschein nach hat Sonia Ihrem Onkel nicht besonders gefallen, denn er hat sich gleich nach dem Abendessen in ein kleines Theater abgesetzt.«

»Noch ein Vorwurf?«

»Zwei Tage später, am Freitag, wurde Graf d'Oulmont gegen halb vier in seiner Hotelsuite ermordet, wo er wie üblich seinen Mittagsschlaf hielt. Dem Gerichtsmediziner zufolge wurde er durch einen harten Schlag mit einem Metallrohr oder einer Metallstange niedergestreckt.«

»Ich wurde sogar einer Leibesvisitation unterzogen«, höhnte der junge Mann.

»Ich weiß. Und Sie haben ein Alibi. Sie haben mir am nächsten Tag Ihr Wettheft gezeigt, Pferderennen sind schließlich Ihre große Leidenschaft. Am Nachmittag, an dem der Mord begangen wurde, waren Sie in Longchamp und haben bei jedem Rennen einen Platzzwilling gewettet. Die entsprechenden Wettscheine wurden in Ihren Manteltaschen gefunden, und Freunde von Ihnen haben Sie mehrmals an jenem Nachmittag gesehen.«

»Sehen Sie?«

»Trotzdem hätten Sie zwischen den Rennen genügend Zeit gehabt, in ein Taxi zu springen und zu Ihrem Onkel zu fahren …«

»Hat mich jemand gesehen?«

»Sie kennen das Hôtel du Louvre gut genug, um zu wissen, dass dort niemand groß darauf achtet, wer von den Stammgästen aus- und eingeht. Einer der Laufburschen glaubt sich allerdings zu erinnern …«

»Finden Sie das nicht ein wenig vage?«

»Zweiunddreißigtausend Franc in Scheinen wurden Ihrem Onkel gestohlen.«

»Wenn ich das Geld gestohlen hätte, wäre ich damit doch längst über die Grenze.«

»Auch das ist mir bekannt. Und auch, dass Ihre Geliebte vor zwei Tagen ihren letzten Schmuck beim Crédit Mutuel verpfändet hat und Sie beide jetzt von den fünftausend Franc leben, die Sonia für die beiden Ringe bekommen hat.«

»Na also …!«

So stand der Fall. Mit anderen Worten, das perfekte Verbrechen. Das Alibi wurde von Leuten bezeugt, denen man nur schwer widersprechen konnte. Sie hatten Jehan am Nachmittag bei den Pferderennen gesehen. Nur wann genau?

Jehan hatte gewettet. Aber bei einigen Rennen hätte ja auch seine Geliebte wetten können, und von Longchamp zur Rue de Rivoli war es nicht weit.

Ein Metallrohr? Ein anderer Metallgegenstand? So was konnte sich jedermann besorgen und auch problemlos wieder loswerden. Und jeder konnte sich in einem Grandhotel Zutritt verschaffen, wenn er sich einigermaßen geschickt anstellte.

Der verpfändete Schmuck am nächsten Tag? Die Wettscheine in den Manteltaschen?

»Sie sagen ja selbst, dass mein Onkel hin und wieder Damenbesuch empfing. Warum verfolgen Sie diese Spur nicht?«

Selbstverständlich gab es nicht die kleinste Lücke in seiner Argumentation. Und als Jehan d'Oulmont nach zwei Befragungen wieder am Quai des Orfèvres erschienen war und seine Absicht verkündete, nach Belgien zurückzukehren, hatte man ihn mangels Beweisen gehen lassen müssen.

Darum hatte Maigret auf eine alte Taktik zurückgegriffen und ließ den Verdächtigen seit zwölf Tagen auf Schritt und Tritt, Minute um Minute, von morgens bis abends verfolgen – ganz offen. Das Ziel war, dass der junge Mann das Spiel noch vor dem Kommissar leid wurde. Darum auch hatte sich Maigret an diesem Morgen zu dem Paar ins Abteil und dem jungen Mann gegenübergesetzt, der ihn kaum merklich gegrüßt hatte und nun schon seit Stunden den Sorglosen mimen musste.

Meuchelmord. Unentschuldbar. Noch dazu ein Mord, der von einem Verwandten des Opfers begangen worden war, von einem gebildeten und äußerlich gewinnenden jungen Mann. Ein kaltblütiges Verbrechen, bei dem man geradezu wissenschaftlich vorgegangen war.

Für die Geschworenen hieß das, dass ein Kopf rollen musste. Und dieser Kopf mit den bleichen Wangen hob sich nun beim Eintreten der Zollbeamten.

Im Abteil kam es beinahe zum Eklat. Maigret hatte telefonisch Anweisung gegeben, dass das Paar und sein Gepäck genauestens untersucht werden sollten.

Mit dem Resultat, dass die Zollbeamten gar nichts fanden.

Jehan d'Oulmont lächelte. Er lächelte Maigret zu. Er wusste, dass Maigret sein Feind war. Er wusste, dass dies ein Zermürbungskrieg war und dass sein Kopf auf dem Spiel stand.

Einer wusste alles: der Mörder. Er wusste, wann, wie und unter welchen Umständen der Mord begangen worden war.

Maigret dagegen, der trotz der Grimassen seiner Sitznachbarin, die sich am Rauch störte, seine Pfeife rauchte – was wusste er, was hatte er bisher herausgefunden?

Es war wahrhaftig ein Zermürbungskrieg! Und jenseits der Grenze – man sah schon die ersten Zechenhäuser von Borinage – durfte Maigret nicht mehr einschreiten.

Warum also war er hier in diesem Zug? Warum gab er nicht auf? Warum folgte er dem Paar sogar in den Speisewagen und setzte sich stumm und bedrohlich an ihren Tisch?

Und warum stieg er in Brüssel wie Jehan d'Oulmont und seine Geliebte im Palace ab?

Hatte Maigret in Jehans Alibi etwa doch eine Lücke entdeckt, ein winziges Detail, mit dem sich der junge d'Oulmont verraten hatte?

Keineswegs! Denn sonst hätte man den Belgier ja in Frankreich verhaftet, vor Gericht gestellt und zum Tode verurteilt.

Im Palace wohnte Maigret Wand an Wand mit dem Paar, ließ seine Zimmertür offen, folgte den beiden in den Speisesaal hinunter, spazierte hinter ihnen her die Rue Neuve mit ihren Schaufenstern entlang, betrat hinter ihnen dieselben Brasserien und ließ sich äußerlich nicht aus der Ruhe bringen.

Sonia war fast ebenso nervös wie ihr Begleiter; am nächsten Tag stand sie erst um zwei Uhr auf, und das Paar nahm sein Mittagessen auf dem Zimmer ein. Und bestimmt hörten sie auch, wie Maigret telefonierte und sich ebenfalls das Mittagessen aufs Zimmer bestellte.

Ein Tag. Zwei Tage. Die fünftausend Franc schmolzen dahin. Maigret war einfach da, die Pfeife zwischen den Zähnen, die Hände in den Taschen, ernst und geduldig.

Doch was wusste er? Und wer wusste schon, was er wusste?

In Wahrheit wusste Maigret nichts. Er *witterte*. Der Kommissar war sich seiner Sache sicher und hätte seinen guten Ruf darauf verwettet. Aber vergeblich hatte er diesen Fall in seinem Kopf hundertmal hin und her gewälzt, hatte er in Paris die Taxifahrer befragt und insbesondere die regelmäßigen Besucher der Pferderennen in Longchamp.

»Ach, wissen Sie, man sieht so viele … Kann schon sein …«

Erschwerend kam hinzu, dass Jehan d'Oulmont keine besonderen Merkmale hatte und dass alle, denen der Kommissar sein Foto zeigte, ihn mit jemand anderem verwechselten.

Einen guten Riecher zu haben, genügte eben nicht. Auch nicht die Überzeugung, dass man recht hat. Die Justiz fordert Beweise, und Maigret suchte weiter danach, wobei er sich immer öfter fragte, wer von ihnen wohl zuerst aufgeben würde, Jehan d'Oulmont oder er. Er spazierte hinter dem Paar her in den Botanischen Garten, verbrachte den Abend mit den beiden im Kino und ging anschließend in ihrem Schlepptau in vorzügliche Brasserien, wie er sie liebte und wo er nach Herzenslust belgisches Bier trinken konnte.

Auf den Sprühregen folgte Schneeregen. Am Dienstag rechnete Maigret sich aus, dass dem Paar noch höchstens dreihundert Franc blieben und dass sie bald das Beutegeld antasten müssten. Es war ein kräftezehrendes Leben, das ihm da aufgezwungen wurde, selbst nachts horchte Maigret auf das leiseste Geräusch aus dem Nebenzimmer. Aber der Kommissar war wie ein Jagdhund, den man auf Wildschweine ansetzt und der sich eher den Bauch aufschlitzen lässt als aufzugeben. Die Menschen um sie herum merkten weiterhin nichts. Jehan d'Oulmont wurde bedient wie jeder andere Gast, und niemand ahnte, wie wacklig sein Kopf auf seinen Schultern saß.

In einem Tanzlokal forderte ein anderer Mann Sonia zum Tanzen auf, verschwand, tauchte wieder auf, tanzte erneut mit ihr und nestelte dabei an ihrer Handtasche herum. Der sichtlich wohlerzogene junge Mann warf Jehan einen verschwörerischen Blick zu. Das war nicht viel. Und doch hatte Maigret, der jetzt schon drei Tage in Brüssel war, von diesem Augenblick an das Gefühl, dass der Fall sich zu seinen Gunsten wenden würde.

Was der Kommissar dann tat, sah ihm so wenig ähnlich, dass Madame Maigret, wäre sie dabei gewesen, völlig aus der Fassung geraten wäre. Ihr Mann näherte sich der Bar, setzte sich zwischen die Animierdamen und trank ein Glas nach dem anderen. Überhaupt schien er sich geradezu unanständig zu amüsieren, und zum Schluss forderte er auch noch Sonia zum Tanzen auf.

»Wenn's denn sein muss«, sagte diese schnippisch.

Ihre Handtasche ließ sie auf dem Tisch zurück, und als sie ihrem Geliebten einen Blick zuwarf, sah sie, dass er in dem orangenen Licht ebenfalls tanzte, mit einer der Damen des Hauses. Wer hätte ahnen können, was gleich passieren würde?

Als die Musik verstummte, war Maigret plötzlich nicht mehr allein. Ein kleiner Herr in einem dunklen Anzug führte ihn von der Tanzfläche und zu Jehan d'Oulmont, den er sofort ansprach.

»Keine Bewegung, vermeiden Sie jedes Aufsehen! Im Auftrag der belgischen Sûreté nehme ich Sie fest!«

Die Handtasche lag immer noch auf dem Tisch. Maigret wirkte geistesabwesend.

»Mich festnehmen? Aber warum denn?«

»Uns liegt ein Auslieferungsgesuch vor…«

Da packte d'Oulmont die Handtasche, und schon richtete er einen Revolver auf Maigret. »Noch einer, der sein Geld nicht mit in den Himmel nehmen kann«, sagte er. Ein Schuss ging los. Aber Maigret blieb aufrecht stehen, die Hände in den Taschen. Jehan fuchtelte mit dem Revolver und geriet in Panik, die Paare auf der Tanzfläche stoben auseinander. Das übliche Durcheinander halt.

»Verstehen Sie«, sagte Maigret zum Chef der Brüsseler Sûreté, »ich hatte keine Beweise. Nichts als ein paar Indizien. Und ich wusste, dass Jehan das auch wusste, weil er ebenso schlau ist wie ich. Dass er seinen Onkel umgebracht hatte, konnte ich ihm nicht nachweisen, und er wäre ungestraft davongekommen, wenn –«

»Wenn was?«

»Wenn er nicht eine Weile Jura studiert hätte und wenn in Belgien die Todesstrafe nicht abgeschafft worden wäre … Ich will es Ihnen erklären … Er hat seinen Onkel in Paris aus Geldnot umgebracht. Er weiß, dass in Frankreich darauf die Todesstrafe steht. Er flieht nach Belgien. Weiß aber, dass er nach Frankreich ausgeliefert werden wird, wenn er des Mordes überführt werden kann. Und ich bin ihm die ganze Zeit auf den Fersen! Mit anderen Worten, es kann also doch sein, dass ich mittlerweile eine Spur, wenn nicht gar Beweise für seine Schuld habe … Nichts kann ihn mehr retten …

Oder vielmehr doch, etwas kann ihn noch vor der Guillotine bewahren, und zwar das, was auch schon den Mörder Danse gerettet hat: Wenn er nämlich in Belgien einen weiteren Mord begeht und dafür *zuerst* in Belgien vor Gericht kommt, wo die Todesstrafe abgeschafft ist und er folglich nur zu lebenslänglich verurteilt werden wird.

Dahin wollte ich Jehan bringen, indem ich ihm die ganze Zeit auf den Fersen blieb. Er hatte zuerst keine Waffe. Ein Blick seiner Geliebten heute Abend schien jedoch darauf hinzudeuten, dass es mit Hilfe eines seiner ehemaligen Kommilitonen gelungen war, eine zu beschaffen, und dass diese sich nun in Sonias Handtasche befand. Während ich mit Sonia tanzte, hat ein Polizist den geladenen Revolver gegen einen mit Platzpatronen vertauscht. Bei der Festnahme gerät Jehan d'Oulmont in Panik, versucht seinen Kopf zu retten und schießt, um dadurch ein ›Lebenslänglich‹ in Belgien zu erwirken … Verstehen Sie jetzt?«

Ja, der belgische Kollege hatte verstanden, dass der Mörder des Grafen d'Oulmont mit einem weiteren Mordversuch seinen Kopf gerettet hatte. Jehans sarkastisches Lächeln zeigte deutlich genug, dass seine Rechnung aufgegangen war: ›Sehen Sie, meinen Kopf kriegen Sie nicht.‹

Seinen Kopf nicht, nein. Aber wenigstens war Jehan jetzt unschädlich gemacht. Und Maigret konnte endlich wieder an etwas anderes denken.

Edgar Allan Poe

Das schwatzende Herz

Wahr ist es: Nervös, entsetzlich nervös war ich damals und bin es noch. Warum aber müsst ihr durchaus behaupten, dass ich wahnsinnig sei? Mein nervöser Zustand hatte meinen Verstand nicht zerrüttet, sondern ihn geschärft, hatte meine Sinne nicht abgestumpft, sondern wachsamer gemacht. Vor allem hatte sich mein Gehörsinn wunderbar fein entwickelt. Ich hörte alle Dinge im Himmel und auf Erden. Ich hörte viele Dinge in der Hölle. Und das sollte Wahnsinn sein? Hört zu und merkt auf, wie sachlich, wie ruhig ich die ganze Geschichte erzählen kann.

Ich kann nicht sagen, wann der Gedanke mich zum ersten Mal überfiel. Er war urplötzlich da und verfolgte mich Tag und Nacht. Ein wichtiges Motiv war nicht vorhanden. Hass war nicht vorhanden. Ich liebte den alten Mann. Er hatte mir nie etwas zuleid getan. Er hatte mir nie eine Kränkung zugefügt. Nach seinem Geld trug ich kein Verlangen. Ich glaube, es war sein Auge. Ja, das war es! Eins seiner

Augen glich vollständig dem Auge eines Geiers – ein blasses blaues Auge mit einem Häutchen darüber. Wann immer es mich anblickte, erstarrte mir das Blut. Und so – nach und nach – immer zwingender – setzte sich der Gedanke in mir fest, dem alten Mann das Leben zu nehmen und mich auf diese Weise für immer von dem Auge zu befreien.

Nun merkt wohl auf! Ihr haltet mich für verrückt. Verrückte erwägen nichts. Aber *mich* hättet ihr sehen sollen! Ihr hättet sehen sollen, wie klug ich vorging – mit wie viel Vorsicht – mit wie viel Umsicht – mit wie viel Heuchelei ich zu Werke ging! Ich war nie freundlicher zu dem alten Mann als während der ganzen Woche, bevor ich ihn umbrachte. Und jede Nacht gegen Mitternacht drückte ich auf seine Türklinke und öffnete die Tür – oh, so leise! Und dann, wenn der Spalt weit genug war, dass ich den Kopf hindurchstecken konnte, hielt ich eine verdunkelte, ganz geschlossene Laterne ins Zimmer; sie war ganz verschlossen, so dass kein Lichtschein herausdrang. Und dann folgte mein Kopf. Oh, ihr hättet gelacht, wenn ihr gesehen hättet, wie geschickt ich ihn vorstreckte! Ich bewegte ihn ganz langsam vorwärts, um nicht den Schlaf des alten Mannes zu stören. Ich brauchte eine Stunde dazu, den Kopf so weit durch die Öffnung zu schieben, dass ich den Alten in seinem Bette sehen konnte.

Ha! Wäre ein Wahnsinniger wohl so weise vorgegangen? Und dann, wenn ich meinen Kopf glücklich im Zimmer hatte, öffnete ich vorsichtig die Laterne – oh, so vorsichtig! Ganz sachte, denn die Scharniere kreischten, öffnete ich sie so weit, dass ein einziger feiner Strahl auf das Geierauge fiel. Und das tat ich sieben Nächte lang, jede Nacht gerade um Mitternacht. Aber ich fand das Auge immer geschlossen, und so war es unmöglich, das Werk zu vollenden; denn es war nicht der alte Mann, der mich ärgerte, sondern sein Scheelauge. Und jeden Morgen, wenn der Tag anbrach, ging ich kühn zu ihm hinein und sprach mit ihm. Ich nannte ihn munter und herzlich beim Namen und fragte ihn, ob er eine gute Nacht verbracht habe. Ihr seht also, er hätte wirklich ein sehr schlauer Mann sein müssen, um zu vermuten, dass ich allnächtlich um zwölf Uhr, während er schlief, zu ihm hereinsah.

In der achten Nacht ging ich beim Öffnen der Tür mit ganz besonderer Vorsicht zu Werke. Der Minutenzeiger einer Uhr rückt gewiss schneller voran als damals meine Hand. Niemals vor dieser Nacht hatte ich die Größe meiner Macht, meines Scharfsinns so gefühlt. Ich konnte kaum meinen Triumph unterdrücken. Da war ich nun hier und öffnete ganz sacht, ganz allmählich die Tür – und ihm träumte nicht einmal von meinem geheimen Tun und Denken. Ich kicherte bei diesem Gedanken, und vielleicht hörte er mich, denn er rührte sich – wie erschreckt. Jetzt könntet ihr denken, ich sei zurückgefahren. Aber nein! Sein Zimmer war ganz dunkel, denn er hatte die Fensterladen aus Furcht vor Einbrechern fest geschlossen; es war pechschwarz. Und ich wusste also, dass er das Öffnen der Tür nicht sehen konnte, und ich fuhr fort, sie langsam, langsam aufzumachen.

Ich war mit dem Kopf im Zimmer und machte mich daran, die Laterne zu öffnen; da glitt mein Daumen an dem Blechverschluss ab, und der alte Mann schrak im Bett empor und schrie: »Wer ist da?«

Ich verhielt mich ganz still und sagte nichts. Eine volle Stunde lang rührte ich kein Glied, und in dieser ganzen Zeit hörte ich nicht, dass er sich wieder niederlegte. Er saß noch aufrecht im Bett und horchte – gerade so, wie ich Nacht um Nacht auf das Ticken der Totenuhren an den Stubenwänden gehorcht habe.

Da hörte ich ein leises Ächzen, und ich wusste, das war das Ächzen tödlichen Entsetzens. So stöhnte nicht Schmerz und nicht Kummer – o nein! Es war das Grauen! Das war der dumpfe, erstickte Laut, der aus den Tiefen der Seele kommt, wenn das Grauen sie gepackt hält. Ich kannte diesen Laut gut. In mancher Nacht, wenn alle Welt schlief, in mancher Mitternacht war er aus meiner eigenen Brust heraufgequollen und hatte mit seinem schrecklichen Klang das Entsetzen, das mich von Sinnen brachte, noch vermehrt.

Ich sage, ich kannte diesen ächzenden Laut gut. Ich wusste, was der alte Mann fühlte, und ich bemitleidete ihn, obschon ich innerlich kicherte. Ich wusste, dass er wach gelegen, schon seit dem ersten schwachen Geräusch, das ihn aufgeschreckt hatte. Seitdem war seine Angst von Minute zu Minute gewachsen. Er hatte versucht, sie als grundlos anzusehen, aber es gelang ihm nicht. Er hatte sich gesagt: »Es ist weiter nichts als der Wind im Schornstein«, oder: »Es ist nur eine Maus, die durchs Zimmer läuft«, oder: »Es ist nur eine Grille, die ein einziges Mal gezirpt hat.« Ja, er hatte versucht, sich mit diesen Vermutungen zu beruhigen; aber es war alles vergebens gewesen. *Alles vergebens,* weil der nahende Tod schon vor ihn hingetreten war und sein Opfer mit schwarzem Schatten umhüllte. Und die dunkle Gewalt des unsichtbaren Schattens war es, die ihn – obschon er weder sah noch hörte – *fühlen* ließ, dass mein Kopf im Zimmer war.

Nachdem ich lange Zeit sehr geduldig gewartet hatte, ohne doch zu hören, dass er sich wieder niederlegte, beschloss ich endlich, einen kleinen – einen winzig kleinen Spalt der Laterne zu öffnen. Ich begann also – ihr könnt euch gar nicht vorstellen, wie bedachtsam, wie leise – die Laterne zu öffnen, bis schließlich ein einziger matter, spinnfadenfeiner Strahl herausdrang und auf das Geierauge fiel.

Es war offen, weit offen, und ich wurde rasend, als ich darauf hinstarrte. Ich sah es mit vollkommener Deutlichkeit: nichts als ein stumpfes Blau mit einem ekelhaften Schleier darüber. Ich erschauerte bis ins Mark. Aber ich konnte von des alten Mannes Gesicht und Gestalt nichts weiter sehen, denn ich hatte den Strahl wie instinktiv ganz genau auf die verfluchte Stelle gerichtet.

Und nun – habe ich euch nicht gesagt, dass das, was ihr für Wahnsinn haltet, nur eine Überfeinerung der Sinne ist? – nun, sage ich, vernahm mein Ohr ein leises, dumpfes, schnelles Geräusch, ein Geräusch wie das Ticken einer Uhr, die man mit einem Tuch umwickelt hat. Auch diesen Laut kannte ich gut. Es war des alten Mannes Herz, das so schlug. Es steigerte meine Wut, wie das Schlagen einer Trommel den Soldaten zu mutigerem Vorgehen anreizt.

Aber selbst jetzt bezwang ich mich und blieb still. Ich atmete kaum. Ich hielt die Laterne regungslos. Ich versuchte, den Strahl so beständig wie möglich auf das Auge zu heften. Inzwischen steigerte sich das höllische Trommeln des Herzens. Es wurde jede Minute schneller und schneller und lauter und lauter. Das Entsetzen des alten Mannes muss furchtbar gewesen sein. Das Klopfen wurde lauter, sage ich, lauter von Minute zu Minute! – Hört ihr mich wohl? Ich habe euch gesagt, dass ich nervös sei, und das bin ich. Und nun, in so toter Nachtstunde, in diesem alten Hause, das so grauenhaft schweigsam war, erweckte dies eine seltsame Geräusch in mir ein maßloses Entsetzen. Doch noch einige Minuten länger bezwang ich mich und stand still. Aber das Klopfen wurde lauter und lauter! Ich dachte, das Herz müsse zerspringen. Und nun fasste mich eine neue Angst: Das Geräusch könnte von einem Nachbarn vernommen werden!

Da war des Alten Stunde gekommen! Mit einem lauten Geheul riss ich die Blendlaterne auf und sprang ins Zimmer. Er schrie auf – nur ein einziges Mal! Im Augenblick zerrte ich ihn auf den Boden hinunter und zog das schwere Federbett über ihn. Dann lächelte ich, froh, die Tat so weit vollbracht zu sehen. Aber noch viele Minuten hörte ich den erstickten Laut des klopfenden Herzens. Das kümmerte mich jedoch nicht. Das konnte nicht durch die Wände hindurch gehört werden. Endlich hörte es auf. Der alte Mann war tot. Ich entfernte das Bett und untersuchte den Leichnam. Ja, er war tot – tot wie ein Stein. Ich legte ihm meine Hand aufs Herz und ließ sie minutenlang da liegen. Kein Pulsschlag war zu spüren. Er war endgültig tot. Sein Auge würde mich nicht mehr belästigen.

Solltet ihr mich noch immer für wahnsinnig halten, so werdet ihr eure Anschauung sicher ändern, wenn ich euch schildere, welch kluge Vorsichtsmaßregeln ich ergriff, um den Leichnam zu verbergen. Die Nacht schwand hin, und ich arbeitete eilig, aber in großer Stille.

Aus dem Fußboden des Zimmers hob ich drei Dielen heraus und bereitete darunter dem Toten sein Grab. Dann legte ich die Bretter wieder an Ort und Stelle. So geschickt, so sorgfältig tat ich dies, dass kein menschliches Auge – nicht einmal das *seine* – irgendetwas Auffallendes hätte bemerken können. Da gab es nichts wegzuwaschen – keinen Fleck irgendwelcher Art – nicht das kleinste Bluttröpfchen. Dafür war ich viel zu bedachtsam vorgegangen.

Als ich mit dieser Arbeit fertig war, war es vier Uhr – noch immer schwarz wie Mitternacht. Als die Turmuhr die Stunde anschlug, pochte es am Haustor. Ich ging leichten Herzens hinunter, um zu öffnen – denn was hatte ich *jetzt* zu fürchten? Es traten drei Männer herein, die sich sehr liebenswürdig als Polizeibeamte vorstellten. Ein Nachbar hatte in der Nacht einen Schrei vernommen; man hatte Verdacht gefasst, hatte dem Polizeiamt Mitteilung gemacht, und sie, die drei Beamten, waren abgesandt worden, um nach der Ursache zu forschen.

Ich lächelte – denn *was* hatte ich zu fürchten? Ich hieß die Herren willkommen. Den Schrei, sagte ich, hätte ich selbst ausgestoßen, in einem Traum. Der alte Mann sei abwesend, sei aufs Land gereist, bemerkte ich. Ich führte die Besucher durchs ganze Haus. Ich bat sie, sich umzusehen – *gut* umzusehen. Ich führte sie schließlich in *sein* Zimmer. Ich zeigte ihnen seine Wertsachen vollzählig und unberührt. Begeistert über meine Gewissensruhe brachte ich Stühle herbei und ersuchte die Herren, sich *hier* von ihrer Ermüdung zu erholen, während ich, im Bewusstsein meines vollständigen Sieges, voll ausgelassener Kühnheit meinen eigenen Stuhl genau dorthin stellte, wo unter den Dielen der Leichnam des Opfers ruhte.

Die Beamten waren zufrieden. Mein Benehmen hatte sie überzeugt. Ich war ungewöhnlich aufgeräumt. Sie saßen also, und während ich fröhlich Antwort gab, plauderten sie von privaten Angelegenheiten. Aber nicht lange, da fühlte ich, dass ich erbleichte, und ich wünschte sie fort. Mein Kopf schmerzte, und ich glaubte, Ohrensausen zu haben; aber noch immer saßen sie da und plauderten. Das Sausen wurde deutlicher – es hörte nicht auf und wurde immer deutlicher. Ich sprach noch unbefangener, um das seltsame Gefühl loszuwerden. Aber es blieb und nahm zu an Deutlichkeit – bis mir endlich klar wurde, dass das Geräusch *nicht* in den Ohren selbst war.

Zweifellos: Jetzt wurde ich *sehr* bleich – aber ich redete noch eifriger und mit erhobener Stimme. Doch das Geräusch wurde lauter – und was konnte ich tun? Es war *ein leises, dumpfes, schnelles Geräusch – ein Geräusch wie das Ticken einer Uhr, die man mit einem Tuch umwickelt hat.* Ich rang nach Atem – und dennoch – die Beamten hörten es noch immer nicht. Ich sprach schneller – heftiger, aber das Geräusch wuchs beständig. Ich stand auf und redete gereizt und zornig; meine Stimme war schrill, und ich gestikulierte wild – aber das Geräusch wuchs beständig. Warum *gingen* sie denn nicht? Ich lief mit wuchtigen Schritten auf und ab, als ob mich die Reden der Männer in Wut gebracht hätten – aber das Geräusch nahm fortwährend zu. O Gott! Was *konnte* ich tun? Ich schäumte – ich raste – ich fluchte! Ich ergriff den Stuhl, auf dem ich gesessen, und kratzte damit auf den Dielen hin und her – aber das Geräusch erhob sich über alles und nahm fortgesetzt zu. Es wurde lauter – lauter – *lauter!* Und immer noch plauderten die Männer freundlich und lächelten. War es möglich, dass sie nicht hörten? Allmächtiger Gott! – Nein, nein! Sie hörten! – Sie argwöhnten! – Sie *wussten!* Sie trieben Spott mit meinem Entsetzen! – Das war es, was ich dachte, und das denke ich noch. Aber alles andere war besser als diese Pein. Alles war erträglicher als dieser Hohn. Ich konnte dies heuchlerische Lächeln nicht länger ertragen. Ich fühlte, dass ich hinausschreien musste – oder sterben! – Und jetzt – wieder! – Horch! Lauter! Lauter! Lauter! *Lauter…!*

»Schurken«, kreischte ich, »verstellt euch nicht länger! Ich bekenne die Tat! – Reißt die Dielen auf! – Hier, hier! – Es ist das Schlagen dieses fürchterlichen Herzens.«

Henning Mankell

Ein Mörder namens Wirén

Hoover wohnte in einem hohen, hässlichen Haus mit vielen Stockwerken. Sein Name war nicht Hoover. Das Haus, in dem er wohnte, lag außerhalb von Stockholm. Den Namen Hoover hatte er sich selbst gegeben.

Er war zwölf Jahre alt und wechselte alle drei Monate seinen Namen, was ihm ein Gefühl der Überlegenheit vermittelte. Sein Geheimname bewirkte, dass er nicht nur der war, für den sie ihn alle hielten, sondern überdies auch noch ein anderer, ein unsichtbarer Mensch.

Ihm war aufgefallen, dass unterschiedliche Namen sein Verhalten beeinflussten. In den Monaten, in denen er Rauch hieß, hatte er sich leichten, schnellen Schrittes fortbewegt. Danach, als er sich Wild nannte, hatte er seinen Schritten mehr Gewicht verliehen und sich nie umgesehen, wenn er durch die Straßen ging. In ein paar Wochen würde er Hoover auswechseln, dann waren drei Monate vergangen. Noch hatte er sich keinen neuen Namen ausgedacht.

Außerdem gefiel es ihm, Hoover zu heißen. Immer wenn er sein Gesicht im Spiegel sah und dachte, dass dort Hoover stand, lief es ihm wohlig über den Rücken. Den Namen Hoover hatte er in einer Zeitschrift seiner Mutter entdeckt. Der Mann, der so geheißen und dem Namen zur Berühmtheit verholfen hatte, war Chef des FBI und vielleicht auch eigentlich ein Schwarzer gewesen, obgleich klein, dick und weiß. Er war ein Mann gewesen, dessen Kleiderschränke angefüllt waren mit den Geheimnissen anderer Leute. Aber sein allergrößtes Geheimnis, dass er vielleicht gar kein Weißer war, sondern auch schwarze Vorfahren besaß, hatte er ganz zuhinterst in seinem bestgehüteten Kleiderschrank versteckt.

Hoover hätte nichts dagegen gehabt, als Erwachsener die Geheimnisse anderer Menschen zu überwachen. Die Frage war bloß, welchen Beruf man in so einem Falle ergreifen sollte.

Eigentlich hieß er Stefan. So stand es in all seinen Papieren, so nannten ihn seine Mutter, seine Lehrer und all jene, die nicht wussten, dass er alle drei Monate den Namen wechselte.

Hoover wohnte im neunten Stock, zweite Tür links. Nebenan wohnte eine chinesische Familie. Begegnete Hoover jemandem aus der großen Familie, verneigte sich diese Person stets, und er hatte immer

Mühe, sich das Lachen zu verkneifen. Sobald sich die Tür öffnete, versuchte er, in die Wohnung zu blicken. Aber niemand schloss Türen geschwinder als Chinesen, davon war er überzeugt. Mit Sicherheit wusste er, dass in ihrer Diele eine rote Lampe hing.

Auf der anderen Seite, also rechts, wohnte ein unverheirateter, kurzsichtiger Programmierer namens Rylander. Begegnete er Hoover, so nickte er nur und schien ihn eigentlich gar nicht wahrzunehmen. Das ärgerte ihn manchmal. Aber Hoover hatte das Gerücht vernommen, Rylander verbringe seine Freizeit damit, mit einem Heißluftballon in höhere Luftschichten aufzusteigen. Hoover hatte darüber gerätselt, was er denn wohl von dort oben erkannte, da er doch so kurzsichtig war. Ihm war keine gute Antwort eingefallen. Aber er hatte entschieden, dass Rylander auf lange Sicht kein ganz uninteressanter Nachbar war.

Hinter der letzten Tür rechts wohnten die Brüder Ture und Axel Antonsson. Sie besaßen einen Lastwagen und einen Bagger und hinterließen immer Lehmspuren im Lift. Hoover war ein paarmal in der Wohnung gewesen, um fernzusehen, als sein eigenes Gerät kaputt gewesen war. Obwohl sie abends in schmutzigen Blaumännern nach Hause kamen, war ihre Wohnung stets aufgeräumt. Dort standen riesige Blumentöpfe mit Farnkraut und ein großes Aquarium. Hoover stellte sich vor, dass es irgendwo in der Wohnung eine unsichtbare Frau gab, die putzte, die Blumen goss und aufräumte.

Manchmal fand Hoover, dass das neunte Stockwerk nicht unbedingt das beste im Haus sei. Aber auch nicht das übelste. Es war immerhin besser als der vierte und der siebte Stock, wo nur Menschen wohnten, die ihm gänzlich uninteressant vorkamen. Der elfte Stock dagegen war besser. Nicht zuletzt, weil dort ein Fußballspieler wohnte, der in die Nationalmannschaft aufrücken würde. Hoover fuhr oft mit dem Lift in den elften Stock und hoffte auf den glücklichen Umstand, eines Tages dem Fußballspieler namens Kent Olofsson zu begegnen, wenn dieser sich gerade auf den Weg nach unten machte. Bisher hatte er noch kein Glück gehabt. Nur einmal war ein Mädchen mir blauen Strähnchen und sehr kurzem Rock aus Olofssons Wohnung gekommen, als Hoover im elften Stock ausgestiegen war.

Er konnte sich nicht erinnern, wie es begonnen hatte. Aber vor zwei Jahren, als er zehn gewesen war, hatte er beschlossen herauszufinden, wer alles in seinem Haus wohnte. Es war eines Abends gewesen, als im zehnten Stock ein Fest gefeiert wurde und seine Mutter geseufzt hatte, es sei schon schwierig, wenn die eigene Decke zugleich der Fußboden von jemand anders sei. Es war wichtig zu wissen, was für Leute im Haus wohnten. Da das Haus achtzehn Stockwerke besaß und Hoover im neunten Stock wohnte, hielt er es, da er nun mal in der Mitte wohnte, für seine Aufgabe, zu kontrollieren, was für Leute hier eigentlich wohnten. Ehe man sich's versah, konnte ein Serienmörder einziehen. Oder jemand, der seine Küche in ein Labor verwandelte und chemische Kampfstoffe herstellte. Andererseits gab es hier möglicherweise auch interessante oder seltsame Personen.

Er machte sich unverzüglich ans Werk.

In seinem Notizbuch hielt er seine Beobachtungen fest.

Und damals hatte er auch entdeckt, dass im vierzehnten Stock tatsächlich ein Mörder wohnte.

Ein Mann, der drei Menschen umgebracht hatte. Ein Mann, der viele Jahre im Gefängnis gesessen hatte und nun fünf Stockwerke über ihm wohnte.

Hoover hatte es durch einen Zufall erfahren. Er hatte vor dem Haus gestanden und sein Fahrrad repariert. Es war an einem Tag im September gewesen. Die einsame und staubige Eberesche leuchtete rot. Auf einer Bank unter dem Baum saß oft der Hausmeister Nyberg, rauchte seine Pfeife und unterhielt sich mit einem alten Mann, der Stolt hieß, im zweiten Stock wohnte, erste Tür links, und eine Beinprothese hatte, da er einst von einem Zug angefahren worden war. Hoover – oder der Eroberer, wie er sich damals nannte – war gerade mit seiner Fahrradkette beschäftigt, als er hörte, dass Nyberg über den Mann im vierzehnten Stock sprach, den Mann hinter der zweiten Tür rechts. Für gewöhnlich hörte Hoover nicht hin, wenn sich Nyberg und Stolt unterhielten. Seiner Erfahrung nach wussten Nyberg und Stolt, wie die meisten anderen Erwachsenen auch, nur ausgesprochen selten etwas wirklich Interessantes zu erzählen. Aber diesmal horchte er auf.

»Hat er wirklich fünfzehn Jahre gesessen?«, hatte Stolt gefragt.

»Eigentlich müsste er immer noch sitzen«, hatte Nyberg mit verärgerter Stimme geantwortet. »Schließlich hat er drei Menschen umgebracht.«

»Waren es nicht nur zwei? Ein jüngerer Mann und eine ältere Frau?«

»Es waren drei«, hatte Nyberg geantwortet. »Du vergisst den Bruder.«

»Was für einen Bruder?«

»Den Bruder der Frau.«

»Hat er ihn erschossen?«

»Das war der Mann der erstochen wurde. Die anderen hat er erschossen.«

Hoover hatte neben seinem Fahrrad gekauert und gelauscht.

»Schauderhaft«, hatte Nyberg gesagt und die Pfeife ausgeklopft.

»Er sieht so friedfertig aus«, hatte Stolt geantwortet und mit seinem Stock im Kies zwischen den Steinplatten gekritzelt.

»Sie hätten ihn nicht rauslassen dürfen«, sagte Nyberg mit Nachdruck und erhob sich. »Einmal Mörder, immer Mörder.«

Es dauerte mehrere Monate, bis Hoover sich einen Überblick verschafft hatte. Mit Hilfe verstohlener Fragen sowohl an Nyberg als auch an Stolt hatte er Erkenntnis an Erkenntnis gereiht, bis er gänzlich im Bilde war.

Vom Fernsehen und aus Zeitungen kannte er etwas, das sich Rekonstruktion nannte. Wenn er es richtig verstanden hatte, so bedeutete es, dass man etwas nachstellte, was tatsächlich vorgefallen war. Mit Hilfe einiger uralter Zinnsoldaten, die ihm einst sein Großvater geschenkt hatte, rekonstruierte er eines Abends, was sich vor fünfzehn Jahren ereignet hatte. Um sich in die richtige Stimmung zu versetzen, hatte er aus einer Küchenschublade ein paar Weihnachtskerzen hervorgekramt. Nun lag sein Zimmer im Dunkeln.

Seine Mutter saß im Wohnzimmer und las.

Die Schatten der Kerzen huschten über die Wände.

Hoover machte sich an seine Rekonstruktion.

Vor fünfzehn Jahren, als er selbst noch gar nicht auf der Welt war, hatte der Mann, der Wirén hieß und im vierzehnten Stock wohnte, drei Menschen umgebracht – im sogenannten Affekt. Damals hatte er nicht Wirén, sondern Andersson geheißen, Nils Evert Andersson, und war von Beruf Schweißer gewesen. Während eines Festes irgendwo auf Kungsholmen, auf dem viel getrunken wurde, war es geschehen. Es war zu einem Streit gekommen, Stolt meinte, es sei wegen Eifersucht gewesen, Nyberg meinte, wegen Geld. In der Wohnung hatte sich ein Gewehr befunden, und Wirén, der damals Nils Evert Andersson hieß, hatte einen Mann und eine Frau erschossen und den Bruder der Frau mit einem Klappmesser erstochen. Daraufhin hatte er die Flucht ergriffen, und die Polizei hatte ihn erst nach einer Woche, deren Nächte er auf verschiedenen Friedhöfen verbracht hatte, erwischt. Er hatte seine Tat gestanden und war zu fünfzehn Jahren Gefängnis verurteilt worden. Nach der langen Haftstrafe war er nun wieder auf freiem Fuß. Jetzt war er Frührentner und lebte im vierzehnten Stock von Hoovers Haus.

Hoover schob seine Zinnsoldaten hin und her.

Da er über Eifersucht nicht mehr wusste, als dass es sich dabei um eine besondere Art von Neid handelte, die nur Erwachsene befiel, kam er zu dem Schluss, dass Wirén jemandem Geld geschuldet hatte. Ein Zinnsoldat aus Napoleons Armee durfte Wirén darstellen, und dieser schoss und stach schließlich mit dem Messer zu.

Daraufhin versuchte Hoover, sich vorzustellen, wie es wohl war, auf einem Friedhof zu übernachten. Er überlegte, ob er es wohl selbst wagen würde.

Außerdem fand er, dass der Mörder Wirén und er etwas gemeinsam hatten. Sie wechselten beide ihre Namen.

Einige Tage später begann Hoover Wirén wie ein Schatten zu folgen. All die Zeit, die ihm nach der Schule blieb, nutzte er, um den Mann zu erforschen, der fünf Stockwerke über ihm wohnte.

Wirén sah aus wie ein Mörder, fand Hoover. Er war groß und kräftig und hatte buschige Augenbrauen. Er trug keinen Mantel, obwohl Herbst war und es bereits kühl wurde. Nach einigen Wochen hatte Hoover sein Notizbuch mit Aufzeichnungen über Wirén gefüllt. Er wusste, dass Wirén eine Autozeitschrift abonnierte und Lotto spielte. Nachdem er ihm ins Lebensmittelgeschäft gefolgt war, wusste er, dass Wirén meist Räucherwurst, Blutwurst oder

Fischstäbchen aß. Nachmittags ging er gewöhnlich in dem Waldstück, das vergessen zwischen den Hochhäusern lag, spazieren. Abends verließ er niemals das Haus.

Einmal hatte sich Hoover an seine Wohnungstür getraut und durch den Briefschlitz gelauscht. Es war in der Wohnung sehr still gewesen. Er hatte sich anstrengen müssen, um das gedämpfte Geräusch des Fernsehers zu vernehmen. Er hörte jemanden schluchzen und vermutete, dass sich Wirén einen dieser romantischen Filme ansah, von denen das Fernsehen immer zu viele zeigte.

Dann hatte ihn auf einmal das Gefühl beschlichen, Wirén stehe gleich hinter der Tür, nur wenige Zentimeter von seinem Ohr entfernt. Er war klopfenden Herzens die Treppen hinuntergerannt, ohne anzuhalten, bis er im neunten Stock angekommen war. Seine Mutter hatte ihn verwundert angesehen, als er die Tür aufriss.

»Was ist denn mit dir los?«, hatte sie gefragt.

»Ich trainiere«, hatte er geantwortet. »Ich renne Treppen hoch und runter.«

Hoover mochte seine Mutter Gertrud. Über seinen Vater wusste er kaum mehr, als dass er ein glatzköpfiger Buschauffeur aus Gotland war und sich nie meldete. Ab und zu versuchte er, Gertrud dazu zu bewegen, etwas über ihn zu erzählen. Manchmal gelang es ihm, manchmal war sie ausgesprochen widerwillig. Aber jene Male, als er Erfolg gehabt hatte, kam es ihm nachher immer vor, als wisse er nun doch nicht mehr, als dass sein Vater eine Glatze habe.

Hoover mochte also seine Mutter. Er war sich jedoch nicht sicher, ob ihm gefiel, womit sie sich beschäftigte. Sie arbeitete in einem Krankenhaus für verrückte Menschen. Schon von klein auf hatte er Angst gehabt, sie könnte sich anstecken und eines Tages mit komischen Grimassen und seltsamen Gebärden nach Hause kommen. Er wünschte, sie ginge einer anderen Beschäftigung nach. Aber das hatte er ihr nie gesagt.

Wirén traf sich nie mit anderen Leuten. Er sprach mit niemandem. Hoover überlegte, ob Wirén vorhatte, weitere Menschen umzubringen. Weshalb war er denn sonst so einsam, weshalb hatte er keine Freunde?

Hoover beschloss, Wirén als gefährlich einzustufen. Es war seine Aufgabe, ihn zu überwachen.

Der Winter verging.

An einem ganz gewöhnlichen Tag, einem Dienstag Mitte März, geschah, was Hoover nie wieder vergessen würde. Ein Sturm fegte durch die Stadt, und Hoover stemmte sich gegen den Wind. Er war nach der Schule mit einem Freund zusammen gewesen und hatte sich erst gegen Abend auf den Heimweg gemacht. Er drückte auf den Knopf des Aufzugs und wartete. In dem Augenblick, als die Lifttüren sich öffneten und er eintrat, merkte er, dass jemand im Schatten zwischen Keller- und Garagentür verharrt hatte und ebenfalls in den Aufzug stieg. Er drehte sich erst um, als sich die Lifttüren schlossen.

Es war Wirén.

Er atmete schwer und sah Hoover an.

Er blockierte den Ausgang. Hoover sah ein, dass er nicht an ihm vorbeikommen würde.

Vorsichtig hob er die Hand und drückte auf den neunten Stock. Wirén sah ihn unverwandt an. Dann drückte er mit dem Daumen auf den vierzehnten Stock.

Hoover hatte Angst. Noch niemals zuvor war er mit Wirén im Aufzug gefahren. Und jetzt war er allein mit ihm. Er stellte sich so weit wie möglich an die hintere Aufzugswand. Wirén sah ihn weiter an.

Er weiß es, dachte Hoover panisch. Er weiß, dass ich ihn beschattet habe. Jetzt bringt er mich um. Hier im Lift. Sie finden meine Leiche. Niemand wird erfahren, dass er es war.

Wirén sah ihn unverwandt an. Es schien, als könne er Hoovers Gedanken lesen.

Nie zuvor hat sich dieser Aufzug so langsam bewegt, dachte Hoover. Fast zögernd fuhr er von einem Stockwerk zum nächsten. Sie erreichten den vierten Stock, den fünften, den sechsten. Hoover begann zu hoffen, dass alles Einbildung gewesen sei. Wirén würde ihn vielleicht am Leben lassen.

In diesem Moment erlosch das Licht.

Der Lift hielt zwischen dem siebten und dem achten Stock.

Hoover glaubte, das Herz bleibe ihm stehen.

Der Sturm, dachte er. Natürlich weht gerade dann ein Baum auf die Stromleitung, wenn ich allein mit einem Mörder im Lift stehe.

Natürlich muss das ausgerechnet jetzt passieren.

Die Dunkelheit war undurchdringlich. Er drückte sich so weit wie möglich gegen die Liftwand.

Wirén sagte nichts. Hoover hörte seine schweren, röchelnden Atemzüge.

Jetzt tut er es, dachte er. Hier im Dunkeln.

In diesem Moment spürte er Wiréns Hand über seinen Körper tasten. Er zuckte zusammen, versuchte zu entkommen, aber hinter ihm war die Wand.

Wirén griff ihm ans Handgelenk. Es war, als umkralle ihn eine Klaue. Hoover hatte solche Angst, dass er nicht einmal um Hilfe rufen konnte.

In diesem Augenblick, als Hoover glaubte, sein letztes Stündlein habe geschlagen, geschah es.

Eine Stimme sprach ins Dunkel. Wiréns Stimme.

»Ich schaff es nicht«, flüsterte Wirén. »Ich halt das nicht aus.«

Dann hörte Hoover ein Geräusch, das er wiedererkannte. Er hatte es schon einmal gehört, das wusste er. Zunächst war er nicht ganz sicher, was es war. Dann fiel es ihm wieder ein.

Es war, als er draußen vor Wiréns Tür gekniet und gelauscht hatte, das Ohr gegen den Briefschlitz gepresst.

Es war kein Fernsehfilm.

Es war das Schluchzen von Wirén gewesen.

In diesem Moment wurde es hell.

Wirén ließ seine Hand los. Hoover sah, dass seine Augen glänzten. Der Aufzug fuhr an und hielt im neunten Stock.

»Ich hab dich hier im Haus gesehen«, sagte Wirén.

»Ich wohne hier«, antwortete Hoover und merkte, dass seine Stimme zitterte.

»Ein Glück, dass ich nicht allein im Aufzug war«, sagte Wirén. »Ich habe dich hoffentlich nicht erschreckt. Aber ich gerate in Panik, wenn Aufzüge stecken bleiben.«

»Schon in Ordnung«, antwortete Hoover und ging hinaus.

Die Lifttüren schlossen sich langsam. Wirén nickte ihm zu. Als Letztes sah Hoover, wie er lächelte.

Hoover setzte sich auf den Boden vor der Wohnungstür und versuchte zu verstehen, was vorgefallen war.

Er war mit dem Mörder Wirén Aufzug gefahren. Einem Mann, der drei Menschen getötet, fünfzehn Jahre im Gefängnis gesessen und seinen Namen geändert hatte.

Er dachte daran, dass Wirén mehr Angst gehabt hatte als er selbst.

Angst wie ein verschrecktes Kind im Dunkeln. Und trotzdem hatte er drei Menschen umgebracht.

Als Hoover sich erhob und die Wohnungstür öffnete, überlegte er immer noch, was passiert war. War eigentlich etwas passiert? Oder hatte er alles nur geträumt?

Er zog die Stiefel aus und hängte seine Jacke in der Diele auf. Gertrud erhob sich vom Sofa im Wohnzimmer und kam auf ihn zu.

»Ein Glück, dass du nicht im Lift warst, als der Strom ausfiel«, sagte sie.

»Ja«, sagte Hoover. »Ein Glück.«

Dann ging er in sein Zimmer und schloss die Tür. Durchs Fenster sah er, wie der Sturm an den Bäumen und Dächern zerrte. Ein einsamer Hund lief über den leeren Platz hinten beim Supermarkt. Das hätte Wirén sein können, dachte er. Wenn er ein herrenloser Hund gewesen wäre und nicht ein Mensch.

Dann setzte er sich an seinen Schreibtisch und holte das Notizbuch hervor, in dem er seine Beobachtungen über alle Hausbewohner festgehalten hatte. Er schlug Wiréns Namen auf. Viele Seiten waren bereits gefüllt.

Er dachte lange nach, ehe er entschieden hatte, was er schreiben würde. Dann suchte er einen Stift aus und blätterte auf eine leere Seite.

Mit dem Mörder Wirén Aufzug gefahren.

Er war nicht gefährlich. Aber ängstlich.

Er ist ein herrenloser Mensch.

Dann legte er das Notizbuch beiseite.

Lange stand er am Fenster und blickte in den Sturm hinaus.

Er dachte an den Mörder Wirén.

Der Sturm wurde immer stärker.

Jim Thompson

Auto-Stopp

Das Auto, das ich fuhr, hatte ich mir von einem Freund geliehen; der hatte es sich während eines Besuchs in Kalifornien von seinem Bruder geliehen. Als Gegenleistung für die Benutzung sollte ich es diesem Bruder zurückbringen, einem Autohändler in San Francisco.

Es waren nur etwa fünfhundert Meilen – ungefähr eine Tagesreise, leicht zu schaffen, wie ich geglaubt hatte. Aber für jemanden, der mit dem wahnsinnigen Verkehr in Kalifornien nicht vertraut ist, können fünfhundert Meilen sehr lang werden. Es war Mittag, als ich in Los Angeles ankam. Erst Stunden später, kurz vor Sonnenuntergang, hatte ich mich aus der Stadt herausgequält.

Da ich wenig Geld hatte und noch weniger Zeit, hatte ich mir in einer Highway-Raststätte etwas Proviant zum Mitnehmen gekauft. Käse, Cracker, eine Dillgurke und eine Flasche Portwein. Jetzt, als ich den Stadtverkehr hinter mir gelassen hatte, machte ich die Sachen auf und aß und trank beim Fahren.

Seit ich Kind war, im Haus meines Großvaters, hatte ich keinen Wein mehr getrunken. Und dieser hier schmeckte vergleichsweise lieblich und mild. Ich schüttete ihn in mich hinein und spürte, wie die Anspannung von mir abglitt, als er in mir hinunterglitt. Ich kam wieder an einem Laden am Straßenrand vorbei und kaufte noch eine Flasche. Sie kostete fünfundzwanzig Cents der Quart, billiger als fast alles Trinkbare außer Wasser. Da der Wein aus einem Fass in eine Flasche ohne Etikett abgefüllt wurde, konnte ich den Alkoholgehalt nur durch Probieren schätzen. Und meine Probe ergab, dass er harmlos war.

Der Irrtum hätte beinahe verhängnisvolle Folgen gehabt.

Ohne es zu merken, war ich auf einmal benebelt. Ich wachte gerade noch rechtzeitig auf, bevor ich vom Highway abkam. Ich hielt den Wagen sofort an und rieb mir die Augen. Sie wollten einfach nicht klar sehen, und mein Kopf hatte den Hang, hartnäckig vornüberzukippen.

Da plötzlich tauchte ein paar hundert Yards vor mir im Scheinwerferlicht die Gestalt eines Mannes auf. Er gab Zeichen, dass er mitgenommen werden wollte. Vielleicht ein Ausweg aus meiner misslichen Lage, dachte ich. Ich fuhr im Schneckentempo heran und musterte ihn.

Er war jung, schätzungsweise siebzehn oder achtzehn Jahre. Ziemlich abgebrüht und schroff – aber was soll's. Ich hatte häufig genug weitaus schlimmer ausgesehen.

Ich holte ihn ein und hielt an. »Wie weit wollen Sie?«, rief ich lallend.

»San Francisco.« Er stützte eine Hand auf die Tür, zögerte. »Das heißt, nicht ganz bis San Francisco. Zu einem kleinen Ort, diesseits der …«

»Können Sie Auto fahren? – Gut, dann steigen Sie ein«, sagte ich, und er stieg ein.

Er fuhr schnell, aber sicher. Nachdem ich ihn ein paar Minuten lang beobachtet hatte, entkorkte ich die Weinflasche und lehnte mich zurück.

»Bin heilfroh, dass Sie angehalten haben, Mister«, sagte er. »Es sah schon so aus, als müsste ich die ganze Nacht da stehen.«

»Bin froh, dass Sie mitfahren«, sagte ich zu ihm. »Wie kommt es, dass Sie so spät noch am Highway waren?«

»Freiwilligencamp.« Seine Gesichtszüge verhärteten sich vor Bitterkeit. »Sie wissen doch, zur Arbeitsbeschaffung. Dreißig Dollar im Monat gehen an die Familie, und man wird behandelt wie ein Verbrecher. Heute Abend haben sie mich rausgeworfen.«

»Das ist schade. Wie ist es dazu gekommen?«

»Es war so: Ich hatte ein Messer, und der andere Junge hat behauptet, es wäre seins. Da haben wir uns geprügelt, und deswegen haben sie mich rausgeworfen.«

Ich murmelte etwas Mitfühlendes. Er erzählte weiter.

Vor zwei Jahren hatte er die Highschool geschmissen, um arbeiten zu gehen, und seitdem hatte er drei Jobs gehabt – das freiwillige Arbeitscamp nicht mitgerechnet –, und jedes Mal war es ein Reinfall gewesen. Entweder hatte der Mann, für den er gearbeitet hatte, Pleite gemacht, oder er wurde wegen etwas angeschnauzt, wofür er gar nichts konnte, oder – irgendwas anderes war passiert. Je mehr Mühe er sich gab, desto mehr Prügel bezog er.

»Sie hatten eben einfach eine Pechsträhne«, sagte ich. »Bleiben Sie am Ball, und es renkt sich alles wieder ein.«

»Ja, ja«, murmelte er. »Sie haben leicht reden. Schickes Auto und so –« Er fing sich gerade noch. »Tut mir leid, Mister. Ich glaube, ich bemitleide mich nur selbst.«

Er verfiel eine Weile in Schweigen. Ich grinste, angesäuselt, in der Dunkelheit.

Ich und leicht reden. Ich mit »meinem« schicken Auto und meinem einzigen guten Anzug und kaum mehr Geld als für einen schwarzen Busfahrschein zurück nach San Diego! Meine Lage war um einiges schlimmer als die des Jungen! Ich habe mich selbst geschunden, zu schwer und zu lange; ich war innerlich krank geworden vor lauter Schinderei! – für diese schmucklosen Werbetexte, mit denen ich die populären Zeitschriften zugeschüttet habe. Und jetzt konnte ich es nicht mehr, und wenn mein Leben davon abgehangen hätte.

Was soll ein Mann von fünfunddreißig Jahren machen, der sein einziges einträgliches Talent eingebüßt hat? Was soll er machen, mit seiner Vergangenheit aus Alkohol, Nervenzusammenbrüchen, Tuberkulose und ständigen Enttäuschungen? Was mit seiner Frau und seinen drei Kindern?

Aber – ich trank einen großen Schluck Wein – meinem Tramper musste das natürlich wie ein schlechter Scherz vorkommen. Eigentlich müsste ich ihn beneiden, statt andersherum.

»...was machen Sie beruflich, Mister?«

»Was?«, sagte ich. »Ich bin Schriftsteller.«

»Kann man bestimmt viel Geld mit verdienen.«

»Ich habe ganz gut verdient, ja«, sagte ich.

»Ich kapiere es einfach nicht, wirklich nicht«, sagte er. »Ich rauche nicht, ich trinke nicht oder überhaupt irgendwas in der Art. Ich konnte es mir auch noch nie leisten, ein Mädchen ins Kino einzuladen. Und wenn ich dann die anderen alle sehe, wie sie mit ihren dicken Autos rumgondeln und sich einen schönen Tag machen, und – es ist einfach nicht recht, Mister. Das müssen Sie doch zugeben.«

»Es wird schon wieder werden«, sagte ich. »Wenn es mal ganz schlimm kommt, kann es danach nur besser werden.«

»Ach ja? Und wenn nicht?«

»Bis dahin sind Sie sowieso längst tot, und dann ist es egal.«

Ich war schläfrig, und die Unterhaltung ging mir auf die Nerven. Unbewusst – und sicher zu Unrecht, denn kein Mensch gleicht dem anderen aufs Haar – verglich ich seine Situation mit der, in der ich in seinem Alter war. Und ich fand, er gab viel zu schnell die Hoffnung auf.

Er schwieg die nächsten fünfzehn oder zwanzig Meilen über. Schließlich sagte er, unschlüssig: »Wollen Sie eine Abkürzung fahren, Mister? Durch die Berge?«

»Von mir aus«, sagte ich gleichgültig.

Ich trank den letzten Schluck aus der Flasche und warf sie aus dem Fenster. Ich lehnte mich zurück und war sofort eingeschlafen.

Ein paar Sekunden später, so schien es, in Wirklichkeit waren es einige Stunden, wachte ich plötzlich auf.

Das Auto stand, der Motor war abgestellt, die

Scheinwerfer ausgeschaltet. Ich rieb mir die Augen und versuchte, etwas in der Dunkelheit zu erkennen.

»Was soll das?«, brummte ich. »Warum haben Sie angehalten?«

Sein Gesicht war von mir abgewandt, eine Hand steckte in der Hosentasche. »Ich – ich wo- wollte Ihnen sagen, Mister«, stammelte er nervös.

»Nun machen Sie schon, verdammt noch mal«, sagte ich. Mir brummte noch immer der Kopf von dem Wein. »Raus damit!«

»Ich mu- muss –« Die Stimme erstarb in einem Seufzer. »Ich mu- muss aufs Klo.«

Ich lachte, nicht sehr freundlich. »Keine schlechte Idee, aber muss man deswegen so ein Theater veranstalten? Nun sagen Sie schon. Was ist eigentlich los mit Ihnen?«

Er zog die Türsicherung hoch.

Ich stieg auf meiner Seite aus.

Und hielt mich zum Glück an der Tür fest. Denn bei meinem zweiten Schritt trat mein Fuß ins Leere.

Ich schnappte nach Luft und wich zurück. Ich war viel zu erschrocken, um etwas zu sagen oder zu schreien, und schaute mich in dem schwachen Licht der Mondsichel um.

Wir waren in den Bergen, ziemlich hoch und mittendrin. Und ich stand am Rand eines Abgrunds, auf einem dreieckigen Fleckchen Straße, das auf der einen Seite von der Felswand und auf der anderen Seite von dem Auto eingegrenzt wurde.

Es war eine beschissene Stelle: An den auf der Kante stehenden Vorderrädern kam man unmöglich vorbei.

Es war eine ziemlich beschissene Stelle: Auf der anderen Seite, der Grundlinie des Dreiecks, kam man auch nicht heraus.

Denn da stand der Junge, schweigend, einen Arm vorgestreckt, zitternd, und auf der langen Klinge seines Messers schimmerte niederträchtig das fahle Mondlicht.

Er trat unsicher einen Schritt auf mich zu, ließ das Messer in der Hand kreisen. Ich zwängte mich einen oder zwei Zoll nach hinten.

Weiter konnte ich nicht zurückweichen, und er konnte nicht weiter vorrücken, ohne anzugreifen. Und so verharrten wir. Starrten uns an. Keuchten schwer. Warteten ab.

Ich hatte Angst, ich war wütend, und ich war wie gelähmt vor Schreck. Ich dachte: Was für ein Tod! Mit aufgeschlitzter Kehle einen Berghang hinuntergestoßen.

Und dann ...

Es war komisch, aber auf einmal ging meine ganze Angst und Wut um den Jungen. Ich konnte nur noch daran denken, dass er das Opfer von einem ungeheuren Scherz werden würde.

Ein paar Dollar, eine billige Armbanduhr, ein Auto, das ihn in den Knast bringen würde, bevor er einen Tag seine Freude daran gehabt hätte. Das hätte er davon gehabt – nichts. Nichts, außer der Gaskammer oder lebenslänglich. Und irgendwie war alles meine Schuld.

Ich hätte ihn über meine finanzielle Lage aufklären können. Ich hätte echtes Interesse an ihm bekunden können, mir Mühe geben, ihm einen nützlichen Rat geben können. Statt dessen hatte ich Plattitüden von mir gegeben, ihn durch meine scheinbare Abgestumpftheit nur noch aufgestachelt, hatte getrunken und geschlafen.

Ich schwankte, unbewusst. Die Bewegung löste etwas in meinem Kopf aus, brachte die vor Schreck erstarrten Zellen in Schwung. Ich schwankte wieder, übertrieben, und fing an zu sprechen.

»Ist das das Messer, von dem Sie mir erzählt haben? Lassen Sie mich das Scheißding mal sehen.«

Ich streckte meine Hand aus, vorsichtig. Ich hielt sie ausgestreckt, so dass die Fingerspitze fast die Spitze der Klinge berührte.

»Nun machen Sie schon«, sagte ich. »Sie wollten es mir doch zeigen, oder nicht? Wenn Sie sich dran klammern, kann ich es nicht sehen.«

»Mi- Mister, ich –« Seine Hand zuckte krampf-
artig, und die Klinge beschrieb einen Bogen. Und
dann, den Griff noch immer festhaltend, ließ er es
in meine Hand gleiten.

»Schönes Messer«, sagte ich. »Aber wissen Sie,
was? Wenn Sie so ein Messer bei sich tragen, könnten die Leute auf den Gedanken kommen, Sie wollten sie überfallen.«

Ich zog ein bisschen an der Klinge. Ich sagte:
»Kommen Sie, wir werfen es weg.«

Er ließ los.

Ich warf es weg, schleuderte es in den Abgrund.

Wir kamen um Mitternacht in seiner Heimatstadt
an, und seine Familie, einfache, gutherzige Menschen,
überredeten mich, über Nacht zu bleiben. Übrigens
waren sie erleichtert, dass er aus dem Camp entlassen worden war. Sein Vater hatte am selben Tag Arbeit gefunden, und für ihn, den Jungen, gab es dort
auch einen Job.

In der Nacht schliefen der Junge und ich in dem-
selben großen, altmodischen Bett. Und ich kann
sagen, ich habe gut geschlafen. Warum auch nicht.

Am nächsten Tag fuhr ich das Auto nach San Francisco und übergab es dem Händler und Eigentümer.
Meine Ankunft fiel mitten in ein Telefongespräch,
das er unterbrach.

»Die hatten telegrafiert, Sie würden gestern kommen«, erklärte er. »Ich dachte, Sie wären vielleicht entführt worden, deswegen wollte ich gerade die Highway-Streife alarmieren.«

»Ich bin froh, dass das nicht nötig ist«, sagte ich.

Agatha Christie

Die Schauspielerin

Der schäbig gekleidete Mann in der hintersten Reihe des Zuschauerraums beugte sich vor und starrte ungläubig auf die Bühne. Seine verschlagenen Augen verengten sich hinterlistig.

»Nancy Taylor!«, murmelte er. »Bei Gott, die kleine Nancy Taylor!«

Sein Blick fiel auf das Programmheft in seiner Hand. Einer der Namen war in etwas größeren Buchstaben gedruckt als die anderen.

»Olga Stormer! *So* nennst du dich jetzt also! Hält sich wohl für einen Star, die Dame, was? Verdienst bestimmt eine schöne Stange Geld. Hast wohl ganz vergessen, dass du mal Nancy Taylor geheißen hast. Ich wüsste zu gern, was du sagen würdest, falls Jake Levitt dich daran erinnern sollte.«

Der Vorhang fiel nach dem Ende des ersten Aktes. Im Zuschauerraum erhob sich begeisterter Applaus. Olga Stormer, die große Charakterdarstellerin, deren Name binnen weniger Jahre zu einem festen Begriff geworden war, fügte der Liste ihrer

Erfolge als Cora in *Der Racheengel* einen weiteren Triumph hinzu.

Jake Levitt stimmte nicht in den Beifall ein, aber sein Mund verzog sich langsam zu einem bedächtigen, anerkennenden Grinsen. Himmel, was für ein Zufall! Und das gerade jetzt, wo er völlig abgebrannt war. Sie würde natürlich versuchen, sich herauszureden, aber *ihn* konnte sie nicht hinters Licht führen. Richtig angepackt, war die Sache eine Goldgrube!

Am darauf folgenden Morgen hatte Jake Levitts Arbeit an seiner Goldgrube erste Auswirkungen. In ihrem Salon mit den roten Schleiflackmöbeln und den schwarzen Vorhängen las Olga Stormer wieder und wieder nachdenklich einen Brief. Ihr blasses Gesicht mit den ungemein ausdrucksvollen Zügen war etwas starrer als sonst, und von Zeit zu Zeit blickten die graugrünen Augen unter den ebenmäßigen Brauen unverwandt ins Leere, als dächte sie nicht über die eigentlichen Worte des Briefes nach, sondern vielmehr über die Drohung, die dahintersteckte.

Mit ihrer wunderbaren Stimme, die vor Gefühlswallung beben oder so hart wie das Klappern einer Schreibmaschine sein konnte, rief Olga: »Miss Jones!«

Eine adrette junge Frau mit Brille, in der Hand Stenoblock und Bleistift, kam ins Zimmer geeilt.

»Rufen Sie bitte Mr Danahan an, und ersuchen Sie ihn, unverzüglich herzukommen!«

Syd Danahan, Olga Stormers Manager, trat mit der üblichen Besorgnis eines Mannes ein, der sein Leben damit zubringt, eine kapriziöse Künstlerin bei Laune und bei der Stange zu halten. Zureden, beschwichtigen, antreiben, abwechselnd oder alles gleichzeitig, gehörten bei ihm zur täglichen Routine. Zu seiner Erleichterung machte Olga einen ruhigen und gefassten Eindruck und schob ihm lediglich ein Blatt Papier über den Tisch zu.

»Lesen Sie das.«

Der Brief war in einer ungelenken Schrift auf billiges Papier gekritzelt.

Sehr geehrte gnädige Frau!

Ihr Auftritt gestern Abend in Der Racheengel *hat mich sehr beeindruckt. Ich glaube, dass wir eine gemeinsame Bekannte haben, nämlich Miss Nancy Taylor, vormals Chicago. Es soll ein Artikel über sie erscheinen. Falls Sie selbigen zu erörtern wünschen, könnte ich Sie zu jeder Ihnen genehmen Zeit aufsuchen.*

Ihr sehr ergebener
Jake Levitt

Danahan schien etwas verdutzt zu sein.

»Ich verstehe nicht ganz. Wer ist diese Nancy Taylor?«

»Ein junges Mädchen, das besser tot wäre, Danny.« Es lag Bitterkeit in ihrer Stimme und eine Mattigkeit, die ihre vierunddreißig Jahre verriet. »Ein junges Mädchen, das tot war, bis dieser Aasgeier es wieder zum Leben erweckte.«

»Ach so! Dann …«

»Ja, Danny. Ich.«

»Es geht also um Erpressung?«

Sie nickte. »Ganz recht, und zwar seitens eines Mannes, der diese Kunst aus dem Effeff beherrscht.«

Danahan dachte stirnrunzelnd über die Sache nach. Olga, die Wange in eine lange, schmale Hand geschmiegt, beobachtete ihn mit unergründlichen Augen.

»Wie wäre es mit einem Bluff? Streiten Sie alles ab. Er kann nicht absolut sicher sein, dass er sich nicht durch eine zufällige Ähnlichkeit hat täuschen lassen.«

Olga schüttelte den Kopf.

»Levitt verdient seinen Lebensunterhalt damit, Frauen zu erpressen. Er ist seiner Sache sicher.«

»Polizei?«, schlug Danahan zweifelnd vor.

Ihr leises, höhnisches Lächeln sagte ihm alles. Hinter ihrer Selbstbeherrschung verbarg sich, was er nie vermutet hätte, die Ungeduld eines scharfen Verstandes, der verfolgt, wie ein langsamerer Verstand mühselig ein Terrain sondiert, das er selbst schon längst durchquert hat.

»Meinen Sie nicht, dass es – nun ja – vielleicht klüger wäre, wenn Sie selbst mit Sir Richard sprächen? Das würde dem Mann den Wind aus den Segeln nehmen.«

Die Verlobung der Schauspielerin mit Sir Richard Everard, einem Mitglied des Parlaments, war erst wenige Wochen zuvor bekanntgegeben worden.

»Als Richard mich bat, seine Frau zu werden, habe ich ihm alles erzählt.«

»Donnerwetter, das war schlau von Ihnen!«, sagte Danahan voller Bewunderung.

Olga lächelte knapp.

»Das hatte nichts mit Schlauheit zu tun, mein lieber Danny. Aber das würden Sie nicht verstehen. Gleichviel, wenn dieser Levitt tut, was er androht, dann bin ich erledigt, und mit Richards politischer Karriere ist es ebenfalls aus. Nein, soweit ich sehe, gibt es nur zwei Möglichkeiten.«

»Nämlich?«

»Bezahlen – und das hört natürlich nie auf! – oder verschwinden und von vorn anfangen.«

Die Mattigkeit in ihrer Stimme war abermals deutlich zu hören.

»Nicht, dass ich etwas getan hätte, was ich bereuen würde. Ich war ein halb verhungertes Gassenkind, Danny, das sich bemühte, ehrlich zu bleiben. Ich habe einen Mann erschossen, eine Bestie von einem Mann, der nichts anderes verdient hat. Die Umstände, unter denen ich ihn tötete, waren so, dass kein Geschworenengericht der Welt mich je verurteilt hätte. Das weiß ich jetzt, aber damals war ich nur ein verängstigtes Kind – und lief davon.«

Danahan nickte.

»Wäre es denkbar«, sagte er zweifelnd, »dass etwas gegen diesen Levitt vorliegt, das wir in die Hand bekommen könnten?«

Olga schüttelte den Kopf.

»Höchstwahrscheinlich nicht. Er ist viel zu feige, um sich auf wirklich krumme Touren einzulassen.« Der Klang ihrer eigenen Worte schien sie aufzurütteln. »Ein Feigling! Ich frage mich, ob wir uns das irgendwie zunutze machen können.«

»Sir Richard könnte mit ihm reden und ihm Angst einjagen«, schlug Danahan vor.

»Richard ist dafür viel zu fein. Diese Sorte Mann kann man nicht mit Glacéhandschuhen anfassen.«

»Nun, dann werde ich mit ihm sprechen.«

»Verzeihen Sie, Danny, aber ich glaube nicht, dass Sie subtil genug sind. Was wir brauchen, ist ein Mittelding zwischen Glacéhandschuhen und bloßen

Fäusten. Zum Beispiel Raffinesse. Und das heißt: eine Frau! Ja, ich glaube, eine Frau könnte es schaffen. Eine Frau, die ein gewisses Fingerspitzengefühl besitzt, die Schattenseiten des Lebens aber aus eigener bitterer Erfahrung kennt. Jemand wie Olga Stormer! Sagen Sie jetzt nichts, ich glaube, mir kommt da eine Idee.«

Sie beugte sich vor und vergrub das Gesicht in den Händen. Dann hob sie plötzlich den Kopf.

»Wie heißt doch gleich die junge Schauspielerin, die die zweite Besetzung meiner Rolle übernehmen möchte? Margaret Ryan, richtig? Sie hat die gleichen Haare wie ich.«

»Gegen ihr Haar ist nichts einzuwenden«, räumte Danahan widerwillig ein, den Blick auf die bronzegoldene Fülle gerichtet, die Olgas Kopf umgab. »Es sieht aus wie Ihres, genau wie Sie sagen. Aber ansonsten ist sie völlig unbegabt. Ich wollte sie nächste Woche entlassen.«

»Wenn alles klappt, werden Sie sie die Cora als zweite Besetzung einstudieren lassen müssen.« Sie wischte seine Einwände mit einer Handbewegung beiseite. »Danny, beantworten Sie mir ganz ehrlich eine Frage. Glauben Sie, dass ich eine gute Schauspielerin bin? Dass ich wirklich *Theater spielen* kann? Oder bin ich nur eine attraktive Frau, die in hübschen Kleidern herumspaziert?«

»Sie? Mein Gott, Olga! Eine Schauspielerin wie Sie hat es seit der Duse nicht mehr gegeben!«

»Dann muss die Sache gelingen – falls Levitt tatsächlich ein Feigling ist, wie ich vermute. Nein, ich werde Ihnen keine Einzelheiten verraten. Ich möchte, dass Sie die kleine Ryan aufsuchen. Sagen Sie ihr, dass ich mich für sie interessiere und sie morgen Abend zum Essen erwarte. Sie wird bestimmt zur Stelle sein.«

»Darauf können Sie wetten!«

»Außerdem möchte ich, dass Sie mir k.o.-Tropfen besorgen, irgendetwas Starkes, das jemanden für ein bis zwei Stunden außer Gefecht setzt, aber keine bösen Nachwirkungen hinterlässt.«

Danahan grinste.

»Ich kann nicht garantieren, dass unser Freund morgen kein Schädelbrummen hat, aber bleibende Schäden werden nicht auftreten.«

»Sehr gut! Gehen Sie jetzt, Danny, und überlassen Sie alles Weitere mir.« Sie erhob die Stimme: »Miss Jones!«

Die junge Frau mit der Brille erschien mit dem üblichen Diensteifer.

»Bitte schreiben Sie.«

Langsam auf und ab gehend, diktierte Olga die Korrespondenz des Tages. Doch einen Brief schrieb sie mit eigener Hand.

Jake Levitt grinste in seinem schäbigen Zimmer, als er das erwartete Kuvert aufriss.

Sehr geehrter Herr Levitt!

Ich kann mich an die Dame nicht erinnern, die Sie erwähnten, aber ich lerne so viele Menschen kennen, dass mein Gedächtnis zwangsläufig unzuverlässig ist. Ich bin immer gerne bereit, einer Schauspielerkollegin zu helfen, und werde Sie, sofern es Ihnen passt, heute Abend um neun Uhr bei mir zu Hause erwarten.

Hochachtungsvoll
Olga Stormer

Levitt nickte anerkennend. Schlau formuliert! Sie gab nichts zu. Nichtsdestotrotz war sie bereit zu verhandeln. Die Goldgrube versprach sich auszuzahlen.

Punkt neun Uhr stand Levitt vor der Wohnung der Schauspielerin und klingelte. Niemand machte auf, und er war schon im Begriff, ein weiteres Mal zu läuten, als er merkte, dass die Tür nicht eingeklinkt war. Er stieß sie auf und trat in den Flur. Rechts von ihm befand sich eine offene Tür, die in ein strahlendhell erleuchtetes Zimmer führte, das ganz in Scharlachrot und Schwarz gehalten war. Levitt ging hinein.

Auf dem Tisch unter der Lampe lag ein Blatt Papier, auf dem geschrieben stand:

Bitte warten Sie, bis ich zurückkomme.
O. Stormer.

Levitt nahm Platz und wartete. Ein Gefühl des Unbehagens bemächtigte sich seiner. Es war so furchtbar still in der Wohnung. Und diese Stille hatte etwas Unheimliches.

Natürlich war alles in Ordnung, wieso auch nicht? Aber es war so totenstill im Zimmer; und obwohl es so still war, hatte er das komische, mulmige Gefühl, nicht allein zu sein. Lachhaft! Er wischte sich den Schweiß von der Stirn. Und doch verstärkte sich dieser Eindruck immer mehr. Er war nicht allein! Einen Fluch murmelnd, sprang er auf und begann, auf und ab zu gehen. Die Frau musste jeden Moment zurückkommen und dann –

Er stieß einen gedämpften Schrei aus und blieb abrupt stehen. Unter den schwarzen Samtvorhängen, die vor dem Fenster zugezogen waren, ragte eine Hand hervor! Er bückte sich und berührte sie. Kalt, entsetzlich kalt – eine tote Hand.

Mit einem Schrei riss er die Vorhänge zurück. Auf dem Boden lag eine Frau, den einen Arm seitlich ausgestreckt, den anderen gebeugt und mit dem Gesicht nach unten darauf ruhend, im Nacken das zerzauste Gewirr bronzegoldener Haare. Olga Stormer!

Zitternd umfassten seine Finger das eiskalte Handgelenk und suchten den Puls. Er glaubte, keinen zu spüren. Sie war tot. Sie war ihm entschlüpft, hatte den einfachsten Ausweg gewählt.

Plötzlich blieb sein Blick an den beiden Enden einer roten Kordel hängen, die prächtige Quasten zierten und von der Fülle des Haares halb verdeckt wurden. Er berührte sie vorsichtig; dabei bewegte sich der Kopf, und er erblickte flüchtig das entsetzlich violette Gesicht. Er sprang mit einem Schrei zurück, und vor seinen Augen drehte sich alles. Irgendetwas stimmte hier nicht. Der kurze Blick auf das Gesicht, so entstellt es auch war, hatte ihm eines klargemacht. Das war kein Selbstmord, sondern Mord. Die Frau war erdrosselt worden, und – es war nicht Olga Stormer!

Halt! Was war das? Ein Geräusch hinter ihm. Er wirbelte herum und blickte direkt in die erschrocken aufgerissenen Augen eines Dienstmädchens, das sich an die Wand kauerte. Ihr Gesicht war so weiß wie das Häubchen und die Schürze, die sie trug, aber was das faszinierte Grauen in ihren Augen zu bedeuten hatte, verstand er erst, als ihre halblaut ausgestoßenen Worte ihm die Gefahr zu Bewusstsein brachten, in der er schwebte.

»Großer Gott! Sie haben sie umgebracht!«

Selbst da begriff er noch nicht ganz. Er erwiderte: »Nein, nein, sie war schon tot, als ich sie fand.«

»Ich hab's mit eigenen Augen gesehen! Sie haben an der Kordel gezogen und sie erdrosselt. Ich hab doch genau gehört, wie sie geröchelt hat.«

Nun brach ihm tatsächlich der Schweiß aus. Hastig rief er sich ins Gedächtnis zurück, was er in den letzten Minuten getan hatte. Sie musste in dem Moment hereingekommen sein, als er die beiden Enden der Kordel in der Hand hielt; sie hatte die Bewegung des Kopfes gesehen und seinen eigenen Schrei für den des Opfers gehalten. Er starrte sie hilflos an. Es bestand kein Zweifel an dem, was er in ihrem Gesicht sah – panische Angst und Dummheit. Sie würde der Polizei sagen, dass sie gesehen hatte, wie das Verbrechen begangen wurde, und kein Kreuzverhör würde sie davon abbringen können, dessen war er sich sicher. Mit der unerschütterlichen Überzeugung, die Wahrheit zu sagen, würde sie mit ihrem Eid sein Leben verwirken.

Was für eine furchtbare, unvorhergesehene Verkettung unglücklicher Umstände! Doch halt, war es tatsächlich unvorhergesehen? Oder steckte dahinter ein teuflischer Plan? Spontan sagte er, während er sie scharf beobachtete:

»Das ist aber nicht Ihre Herrin.«

Ihre mechanisch gegebene Antwort brachte Licht in die Sache.

»Nein, das ist 'ne andere Schauspielerin, 'ne Freundin von ihr – komische Freundschaft, wo sie sich doch ständig in die Wolle gekriegt ham. Heut' Abend sind auch wieder die Fetzen geflogen.«

Eine Falle! Das war ihm jetzt klar.

»Wo ist Ihre Herrin?«

»Vor 'n paar Minuten weggegangen.«

Eine Falle! Und er war prompt hineingetappt. Ein gerissenes Luder, diese Olga Stormer; sie hatte sich eine Rivalin vom Hals geschafft, und er sollte für die Tat büßen. Mord! O Gott, für Mord wurde man gehenkt. Und dabei war er unschuldig – unschuldig!

Ein leises Rascheln brachte ihn zu sich. Das Dienstmädchen schob sich verstohlen auf die Tür zu. Ihr Verstand begann wieder zu arbeiten. Ihre Augen huschten zum Telefonapparat, dann zurück zur Tür. Er musste sie unter allen Umständen zum Schweigen bringen. Er hatte keine andere Wahl. Wenn schon hängen, dann wenigstens für ein tatsächliches Verbrechen und nicht für das falsche. Sie hatte keine Waffe, genauso wenig wie er. Aber er hatte seine Hände! Dann machte sein Herz einen Satz. Auf dem Tisch neben ihr, praktisch unter ihrer Hand, lag ein kleiner juwelenbesetzter Revolver. Wenn er den vor ihr erreichen konnte…

Ihr Instinkt oder seine Augen warnten sie. Sie riss die Waffe an sich, als er losstürzte, und richtete sie auf seine Brust. So ungeschickt sie den Revolver auch hielt, ihr Finger lag am Abzug, und auf diese Entfernung konnte sie ihn nicht verfehlen. Er blieb abrupt stehen. Ein Revolver, der einer Frau wie Olga Stormer gehörte, war mit ziemlicher Sicherheit geladen.

Aber zumindest stand sie nicht mehr direkt zwischen ihm und der Tür. Solange er sie nicht angriff, hatte sie vermutlich nicht den Mut, auf ihn zu schießen. Er musste es jedenfalls riskieren. Er rannte im Zickzack zur Tür, durch den Flur und zur Wohnungstür hinaus, die er hinter sich zuwarf. Er hörte ihre Stimme schwach und unsicher »Polizei! Mord!« rufen. Sie würde um einiges lauter rufen müssen, bevor sie jemand hörte. Auf jeden Fall hatte er einen Vorsprung. Er lief die Treppe hinunter, die Straße entlang und verlangsamte das Tempo erst, als ein einzelner Fußgänger um die Ecke bog. Sein Plan stand fest: auf dem schnellsten Wege nach Gravesend. Dort lief noch in der gleichen Nacht ein Schiff in entlegenere Gegenden der Welt aus. Er kannte den Kapitän, einen Mann, der gegen ein Entgelt keine Fragen stellen würde. War er erst einmal an Bord und auf See, so war er sicher.

Um elf klingelte Danahans Telefon. Olgas Stimme sagte:

»Bereiten Sie bitte einen Vertrag für Miss Ryan vor. Sie übernimmt die zweite Besetzung der Cora. Jeder Widerspruch ist zwecklos. Das bin ich ihr schuldig nach allem, was sie heute Abend für mich getan hat! Was? Ja, ich glaube, das Problem hat sich erledigt. Übrigens, falls sie Ihnen morgen erzählen sollte, dass ich eine glühende Spiritistin bin und sie heute Abend in Trance versetzt habe, dann lassen Sie sich bitte nichts anmerken. Wie? k.o.-Tropfen im Kaffee, gefolgt von hypnotisierenden Bestreichungen! Anschließend habe ich violette Schminke auf ihr Gesicht aufgetragen und eine Aderpresse an ihrem linken Arm angelegt! Sie verstehen nicht? Nun, dann werden Sie sich bis morgen gedulden müssen. Für Erklärungen habe ich jetzt keine Zeit. Ich muss schleunigst Häubchen und Schürze ablegen, bevor meine gute Maud aus dem Kino zurückkommt. Es gab heute Abend nämlich einen ›aufregenden Film‹, wie sie mir sagte. Aber die aufregendste Vorstellung überhaupt hat sie verpasst. Ich habe heute Abend die Vorstellung meines Lebens gegeben, Danny. Die Raffinesse hat gesiegt! Jake Levitt ist tatsächlich ein Feigling, und ich, Danny, ich bin eine Schauspielerin!«

Jack Ritchie

Berufskiller günstig abzugeben

Wie alle meine Opfer war auch George Franklin ziemlich entgeistert und erschrocken, als er mich mit der 45er-Automatik in einem seiner Sessel sitzen sah.

Er warf einen Blick auf den Lichtschalter, an dem er noch den Finger hatte, und überlegte wohl, ob ich vielleicht verschwinden würde, wenn er wieder ausschaltete.

Ich wies auf den anderen Sessel. »Kommen Sie doch bitte herein und machen Sie die Tür zu. Setzen Sie sich.«

Er tat wie geheißen und stellte die erste angemessene Frage: »Was soll das sein? Ein Raubüberfall?«

Ich lächelte. »Nein, kein Raubüberfall.«

Er hielt inne, um zu einer weiteren Mutmaßung anzusetzen, und ich gab ihm die Information.

»Ich bin hier, um Sie zu töten«, sagte ich.

Wie zu erwarten, zeigte er sich schockiert. »Mich töten? Aber warum? Ich habe Sie noch nie gesehen!«

Ich gestattete mir ein weiteres Lächeln. »Ehrlich gesagt, bin ich gar nicht besonders wild darauf, Sie umzubringen. Ich habe nichts gegen Sie persönlich. Für mich ist das nichts weiter als eine Geschäftsangelegenheit. Ich erledige nur eine Arbeit, für die ich bezahlt werde.«

Er machte große Augen. »Sie sind *Berufskiller*?«

Ich nickte.

Franklin fuhr sich mit der Zunge über die Lippen. »Wer hat Sie denn beauftragt? Meine Frau?«

Ich zog eine Augenbraue hoch. »Würde Ihre Frau es denn begrüßen, wenn Sie tot wären?«

Er überlegte. »Nun ja, wir kommen nicht sonderlich gut miteinander aus, aber ich glaube, das geht dann doch etwas weit, mich …«

»Es ist nicht Ihre Frau.«

Er machte einen neuen Versuch. »Mein vermaledeiter Schwiegersohn? Dem käme es nur allzu gelegen, wenn ich tot wäre. Da mache ich jede Wette.«

Ich seufzte. »Nichts liegt mir ferner, als Uneinigkeit und Misstrauen in einer Familie zu säen. Nein, mein Auftraggeber ist kein direkter Angehöriger, nicht einmal entfernt verwandt, soweit ich weiß.«

»Wer hat Sie dann beauftragt?«

»Den Namen kann ich Ihnen nicht nennen. Das ist eine Sache des Berufsethos, wissen Sie. Aber es spielt keine Rolle, das können Sie mir glauben. Möglicherweise erinnern Sie sich nicht einmal an ihn. Immerhin liegt es eine Weile zurück.«

Er runzelte die Stirn. Offenbar durchforstete er seine Vergangenheit nach Hinweisen.

Ich selbst hole natürlich immer genaueste Erkundigungen über meine Opfer ein, bevor ich mich entschließe, ihnen gegenüberzutreten. Es gab also sehr wenig, das ich über diesen Mann nicht wusste.

George Channing Franklin sitzt dick im Immobiliengeschäft, Stadtrandentwicklung und Ähnliches. Sein Name ist regelmäßig in den Zeitungen erwähnt worden, allerdings nie lobend. Er war dreimal wegen fragwürdiger Praktiken angeklagt, darunter Bestechung öffentlicher Angestellter. Aber trotz aller Anklagen hat er noch keinen Tag im Gefängnis gesessen.

Ich lächelte wieder. »Ich habe es beruflich mit den seltsamsten Menschen zu tun. Menschen, die über Jahre hinweg einen Groll mit sich herumtragen und dann plötzlich das Bedürfnis haben, sich zu erleichtern. Möglicherweise ist es auch nur, weil sie vorher nie die Gelegenheit hatten, jemanden wie mich kennenzulernen. Ich helfe ihnen, sich ihrer lange unterdrückten Wünsche zu entledigen.«

Franklin starrte mich wütend an. »Swenson? Ist es der? Es war nichts Illegales an dem, was ich getan habe. Es war Geschäft. Er hat seine Chancen wahrgenommen, und ich die meinen.«

»Nein, es ist nicht Swenson.«

»Mr Clintock? Er kriegt keinen Pfennig mehr. Er kann von Glück sagen, dass ich ihm aus lauter Gutmütigkeit die fünftausend gegeben habe.«

Ich hob die Hand. »Ich habe nicht vor, mich von Ihnen auf eine Tour durch die Liste Ihrer Feinde schleifen zu lassen. Ich werde meinen Auftraggeber schlicht nicht preisgeben. Sie können sagen, was Sie wollen, es ändert meine Einstellung nicht.«

Nachdem dieser Weg ihm verstellt war, versuchte er es auf einem anderen. »Wie viel … wie viel hat dieser Unbekannte Ihnen denn bezahlt, damit Sie mich umbringen?«

Ich zuckte die Achseln. »Es schadet wohl nicht, wenn ich Ihnen das sage. Fünftausend Dollar.«

Ihm blieb der Mund offen stehen. »Fünftausend? Läppische fünftausend Dollar?«

Ich musterte ihn listig. »Guter Mann, fünftausend Dollar mögen ja für Sie läppisch sein, aber ich kann Ihnen versichern, für mich sind sie das nicht.«

Er entschuldigte sich rasch. »Ich wollte Sie nicht kränken. Ich meinte nur, warum sich mit fünftausend begnügen, wenn man das Doppelte kriegen kann.«

»Das Doppelte?«

Jetzt lächelte er zum ersten Mal. »Angenommen, ich gäbe Ihnen zehntausend dafür, dass Sie mich nicht umbringen?«

Ich ließ mir das Angebot durch den Kopf gehen und rieb mir das Kinn. »Dem steht die Berufsethik im Wege. Ich habe einen Vertrag abgeschlossen. Ich habe mein Wort gegeben.«

»In bar«, sagte er schnell. Er ging zur Wand und schob ein Gemälde zur Seite, hinter dem ein Safe zum Vorschein kam. Er fing an, Zahlen einzustellen. »Ich habe das Geld in meinem Safe. Bei meinem Beruf braucht man gelegentlich Bargeld für dringende Fälle.«

Er zog einen Umschlag aus dem Safe und schüttete den Inhalt vor mir auf den Couchtisch. »Zehntausend. Zählen Sie nach.«

Ich zählte, und es waren eindeutig einhundert Hundertdollarscheine. Während ich zählte, überlegte ich gleichzeitig.

Als ich fertig war, sah ich mir das Geld an und seufzte schließlich. Ich steckte die Scheine wieder in den Umschlag und den Umschlag in meine Jacketttasche.

Franklin rieb sich die Hände. »So, dann erzählen Sie mir jetzt vielleicht, wer Sie beauftragt hat.«

Ich schüttelte den Kopf. »Sir, Sie haben Ihr Leben gekauft. Aber kein noch so hoher Geldbetrag wird mir den Namen meines Klienten entlocken. Trotz allem besitze ich noch so etwas wie ein Gefühl für Moral.«

Er musterte mich. »Aber damit bleibt mir ein Problem.«

»Problem? Was für ein Problem?«

»Was sollte Ihren geheim gehaltenen Klienten davon abhalten, einen anderen Killer anzuheuern?«

Ich dachte kurz darüber nach. »Eigentlich nichts.«

Er ging wieder an seinen Safe und kam mit einem zweiten dicken Umschlag zurück.

Ich fragte mich, wie viele solcher Umschläge er wohl in dem Safe hatte. Einen Augenblick war ich versucht, es herauszufinden, aber dann besann ich mich eines Besseren. Das war einfach nicht mein Stil.

»Noch mal zehntausend«, sagte Franklin. »Behalten Sie Ihre Moral, ich brauche den Namen nicht. Aber wenn dieser geheimnisvolle Mann Sie anheuern kann, um mich umzubringen, warum kann ich Sie dann nicht anheuern, ihn umzubringen? Ich meine, das ist doch nur gerecht, oder? Und ich zahle mehr, viel mehr.«

Ich seufzte tief und steckte den zweiten Umschlag in die Tasche. »Ich versichere Ihnen, wenn ich das Geld nicht so dringend nötig hätte, würde ich so etwas keine Sekunde überlegen...«

»Natürlich«, unterbrach er mich. »Natürlich.«

Ich legte meine Pistole auf das Tischchen neben mir und stand auf, um meinen Mantel anzuziehen.

Franklins Hand bewegte sich blitzschnell. Im Nu

hatte er die Waffe ergriffen und hielt sie jetzt auf mich gerichtet.

Mein Herz begann zu rasen, aber ich riss mich schnell zusammen und lächelte schwach. »Das war schrecklich unvorsichtig von mir.«

Er stimmte zu. »Wie fühlt man sich, wenn der Spieß plötzlich umgedreht ist?«

Ja, dachte ich, es ist zugegeben ein gewaltiger Unterschied, ob man vor oder hinter der Mündung steht.

»Setzen Sie sich«, befahl er.

Ich haderte einen Augenblick mit diesem Befehl und beschloss dann, mich zu setzen.

»Ich könnte Sie auf der Stelle erschießen. Ich glaube nicht, dass ich Schwierigkeiten bekäme, es der Polizei zu erklären.«

Während die Minuten verrannen, saß ich da und überlegte, ob er wirklich abdrücken würde. »Angenommen, Sie erschießen mich. Wäre das nicht im Grunde kontraproduktiv? Mein Tod würde ja nichts daran ändern, dass es da draußen jemanden gibt, der Sie so gern aus der Welt schaffen will, dass er bereit ist, dafür zu zahlen. Er wird einfach einen anderen beauftragen, der Ihnen dann vielleicht keine Gelegenheit zu Verhandlungen gibt.«

Das machte ihn nachdenklich, und er versuchte es noch einmal. »Also gut, wer hat Sie beauftragt, mich umzubringen?«

Ich lächelte knapp. »Selbst unter diesen Umständen bleiben meine Lippen versiegelt.«

Er betrachtete mich ein Weilchen. »Ich habe nachgedacht. Vielleicht sind Sie ja genau der Mann, nach dem ich mein Leben lang gesucht habe. Mit Geld kann man viele kaufen, aber nicht jeden. Hie und da treffe ich auf jemanden, der mir im Wege ist, wenn Sie verstehen, was ich meine. Ja, ich denke, Sie könnten mir helfen. Ich zahle Ihnen zwanzigtausend für jeden Auftrag. Das ist, glaube ich, ein großzügiges Angebot.«

Ich deutete auf die Pistole. »Warum richten Sie dann immer noch dieses Ding auf mich?«

Er tat das als unwichtig ab. »Nur ein Reflex. Ich sah die Waffe liegen und habe einfach danach gegriffen.«

Er gab mir die Automatik zurück. »Wie kann ich mich mit Ihnen in Verbindung setzen, wenn ich Sie brauche?«

»Ich setze mich mit *Ihnen* in Verbindung. Wenn Sie einen Auftrag für mich haben, geben Sie einfach eine Anzeige in der Zeitung auf. *Alles ist vergeben. Komm nach Hause. Ralph.* Dann melde ich mich sofort bei Ihnen.«

Als ich ins Hotel kam, verstaute ich die Pistole in meinem Koffer. Es machte mich nervös, sie mit mir herumzutragen, auch wenn ich wusste, dass sie nicht geladen war. Ich grinste halb schuldbewusst, halb verschämt vor mich hin. Das Wissen, dass sie nicht geladen war, hatte zu meiner Gelassenheit beigetragen, als sie auf mich gerichtet wurde. Ich überlegte, wie ich wohl reagiert hätte, wenn Patronen drin gewesen wären – ziemlich erbärmlich, fürchte ich. Ich bin ganz und gar kein Held, obwohl es mir Spaß macht, die Rolle zu spielen. Und ich würde mich auf diese dämliche Anzeige nie melden, sollte Franklin je auf die Idee kommen, sie in die Zeitung zu setzen.

Genau genommen wollte ich der Stadt sofort den Rücken kehren. Ich habe nicht das Bedürfnis, mit einem so skrupellosen Menschen wie Franklin auch nur in derselben Stadt zu sein. Ich habe nie in meinem Leben einen Menschen umgebracht und habe nicht vor, es je zu tun. In dieser unsicheren Welt muss man allerdings zusehen, wie man an seine Dollars kommt, um Leib und Seele zusammenzuhalten, und es gibt viele Methoden, eine Gans zu rupfen oder ein Schaf zu scheren. Und ich fand, dass solche Schafe wie Franklin es mehr als verdienten, geschoren zu werden.

Dashiell Hammett

Noch ein perfektes Verbrechen

Obwohl ich wegen Mordes an Direktor Bowlby Bunce verurteilt wurde, hatte ich ihn tatsächlich umgebracht. Weshalb, weiß ich nicht mehr; vermutlich hatte er etwas an sich, das mir missfiel. Das ist auch unwichtig; aber ich finde, dass die Aufmerksamkeit, mit der die Öffentlichkeit die Interviews gelesen hat, die ich nicht gegeben habe, und mit der sie sich Fotografien von persönlichen Bekannten von Pressefotografen angeschaut hat, dieser Öffentlichkeit das Recht verleiht, zu erfahren, warum ich hier in der Todeszelle ein neues Testament aufgesetzt und mein Vermögen der Romanabteilung der Öffentlichen Bibliothek vermacht habe. (Vorab möchte ich jedoch betonen, dass ich zwar nichts dagegen einzuwenden habe, in irgendeinem der anderen Häuser geboren zu sein, die in diversen Zeitungen abgebildet wurden, mich aber, um meinen Eltern Gerechtigkeit widerfahren zu lassen, gegen das Eishaus verwahren muss, dessen Foto der *Examiner* letzten Mittwoch veröffentlicht hat.)

Um mit meiner Geschichte fortzufahren: Als ich mich entschloss, aus zweifellos triftigen, wenn auch nicht mehr ganz erinnerlichen Gründen Direktor Bowlby Bunce umzubringen, plante ich den Mord unter sorgfältigster Beachtung eines jeden Details. Als jemand, der ein Leben lang Romane gelesen hat, die sich mit den krasseren Fällen gesetzwidrigen Tuns befassen, schmeichelte ich mir, mehr als alle anderen befähigt zu sein, das perfekte Verbrechen zu begehen.

Ich suchte sein Büro mitten am Nachmittag auf, denn ich wusste, dass seine Angestellten dann alle da sein würden. Im Vorzimmer lenkte ich ihre Aufmerksamkeit auf meine Anwesenheit und auf die exakte Zeit, indem ich mich heftig mit ihnen anlegte, weil die Uhr dort eine Minute vorgehe. Dann ging ich in Bunces Privatbüro. Er war allein. Aus meinen Taschen holte ich den Hammer und die Nägel, die ich tags zuvor bei einem Eisenwarenhändler gekauft hatte, der mich kannte, und ohne den erstaunten Bunce zu beachten nagelte ich jedes Fenster und die Tür fest zu.

Als das erledigt war, spuckte ich die Lutschtablette aus, mit der ich meine Stimme vorbereitet hatte, und schrie ihn lauthals an: »Ich hasse Sie! Man sollte Sie umbringen! Ich werde Ihnen etwas antun!«

Die Überraschung in seinem Gesicht war nun nicht mehr zu überbieten.

»Rühren Sie sich nicht«, befahl ich mit leiser Stimme und nahm einen Revolver aus der Tasche – einen Revolver mit silbernen Beschlägen, in die an vier Stellen meine Initialen eingraviert waren.

Ich ging um ihn herum, bis ich hinter ihm stand, hielt mit der Waffe ausreichend Abstand, um keine Schmauchspuren zu hinterlassen, die auf eine sich selbst beigebrachte Schusswunde hätten hindeuten können, und schoss ihm in den Hinterkopf. Während die Tür aufgebrochen wurde, nahm ich mir das Farbkissen auf seinem Schreibtisch vor, setzte meine Fingerabdrücke sauber und deutlich auf den Revolvergriff, den Hammerstiel, Bunces weißen Kragen sowie ein paar geeignete Papierbögen und stopfte hastig den Füllfederhalter, die Uhr und das Taschentuch des Toten in meine Taschen, exakt in dem Moment, als die Tür aufflog.

Nach einer Weile kam ein Detektiv. Ich weigerte mich, seine Fragen zu beantworten. Er durchsuchte mich und fand Bunces Füllfederhalter, seine Uhr und sein Taschentuch. Er untersuchte den Raum – die Tür und die Fenster waren von innen mit meinem Hammer zugenagelt, der Revolver mit meinen Monogrammen lag neben dem Toten, meine Fingerabdrücke waren überall. Er vernahm die Angestellten. Sie berichteten von meinem Eintreten, meinem Weg in das Büro, in dem Bunce allein gewesen war, dem lauten Hämmern, meiner Stimme, die Drohungen ausstieß, und dem Schuss.

Und dann – dann nahm dieser Detektiv mich fest!

Später stellte sich heraus, dass dieser Möchtegern-Schnüffler, der auf der Gehaltsliste der Firma stand, noch nie in seinem Leben einen Kriminalroman gelesen hatte und so nicht einmal ansatzweise auf den Gedanken gekommen war, dass die Beweise viel zu eindeutig gegen mich sprachen und ich folglich nichts anderes als unschuldig sein konnte.

Henry Slesar

Später Lohn

Der Korridor, der zu Zimmer 408 führte, war zwar sehr lang, aber doch nicht lang genug, um es Mitch zu ermöglichen, das Gespräch noch einzustudieren, das er gleich mit seinem sterbenden Vater zu führen gedachte.

Mitch hatte erwartet, den alten Mann total verkabelt vorzufinden, aber er sah nur einen Monitor, der den Herzschlag registrierte, und einen Sauerstoffschlauch. »He, Junge«, begrüßte ihn der Vater mit wenig überzeugender Fröhlichkeit. »Richtig erwachsen geworden! Was bist du jetzt? Zweiunddreißig?«

»Drei«, antwortete Mitch. Dann stellte er die Frage, die er schon seit zwanzig Jahren hatte stellen wollen: »Was ist eigentlich wirklich mit Mom passiert?«

Mitch hatte keine Ahnung, wie sein Vater darauf reagieren würde. Würde er abblocken? Oder aufbrausen? Oder würde er vielleicht gar in Tränen ausbrechen – wie an jenem Abend, an dem seine Frau von dem Einbrecher erschossen worden war?

Mitch konnte sich noch an diese würgenden Schluchzer erinnern, an den Kummer, der so heftig gewesen war wie die Wutausbrüche, die Mitch allabendlich durch die dünne Wand des Schlafzimmers gehört hatte. Er war erst neun gewesen, aber er wusste, dass die Polizei an der Nase herumgeführt worden war. Da war ein Einbrecher gewesen, natürlich. Ein Fenster war aufgebrochen worden. Ein späterer Spaziergänger, der mit seinem Hund noch mal Gassi gegangen war, hatte den Schuss gehört, hatte den Einbrecher über die Zufahrt zum Haus kommen und fliehen sehen. Und diese Tränen, dieses Schluchzen! Der arme Mr. Byram, sagten die Nachbarn.

»Ja«, antwortete John Byram, »ich habe mir gedacht, dass dich das beschäftigt. Du hast lange darauf gewartet, die Wahrheit zu erfahren, Mitch.« Er reckte den Hals, um seinen Sohn besser zu sehen. »Du bist was? Finanzmakler?«

»Analyst.«

»Hättest Priester werden sollen. Das hätte es dir leichter gemacht.«

»Es wäre wohl das Beste, wenn du es mir endlich sagtest, Pa.«

Das Lächeln verschwand vom Gesicht des alten Mannes. »Ja, Mitch«, sagte er. »Ich bin's gewesen. Sie hat mich zu arg drangsaliert, und ich bin durchgedreht. Total. Ist es das, was du hören wolltest?«

»Nein«, erwiderte Mitch. »Da ist noch etwas anderes.«

»Sie hat mich drangsaliert«, wiederholte sein Vater. »Sie hörte auf, das mit den anderen Männern zu vertuschen. Das hat mich am meisten verletzt, dass sie nicht mal mehr gelogen hat. Tut mir leid, Junge. Sie war deine Mutter, und du hast sie liebgehabt. Du möchtest das alles gar nicht hören.«

Mitch schloss die Augen. Er dachte an zärtliche Blicke, an die Berührung einer Hand.

»Was willst du jetzt tun? Es der Polizei erzählen? Mich vor Gericht bringen? Zu spät. Ich bin bereits verurteilt.«

»Ich muss wissen, wer, Pa.«

»Wie wer?«

»Der angeheuerte Mann. Wer ist das gewesen?«

»Was macht das für einen Unterschied? Wahrscheinlich erinnert er sich gar nicht mehr an diesen Job.«

»Ich aber.«

»Du glaubst, du kannst erreichen, dass er festgenommen wird? Du glaubst, ich sage gegen ihn aus?«

»Sag mir nur seinen Namen.«

»Vergiss es, Junge. Der fährt mit seiner eigenen Fahrkarte zur Hölle.« Sie sahen sich zum ersten Mal an. John Byram zuckte die Achseln. »Nat war kein

Profi«, sagte er. »Einfach nur jemand, der für einen Dollar zu allem bereit war, ein Bursche, bei dem ich mich auszuweinen pflegte. Eines Tages machte er mir dann ein Angebot. Anfangs sagte ich Nein. Als sie mich aber dann immer kränker machte, ging ich in die Bar und sagte Ja.«

»In die Bar?«

»Er war Barkeeper. Bei wem anders heult man sich sonst aus?«

»Lebt er noch?«

»Er arbeitet immer noch in derselben Bar. Mike & Charley's in der Vender Street.«

Als Mitch abrupt aufstand, war der alte Mann stark beunruhigt. »Mach keine Dummheiten, Mitch!«

»Nein, Pa.«

»Du weißt, dass du ihn wegen dem, was er getan hat, nicht drankriegen kannst.«

»Das weiß ich, ja«, sagte Mitch. Er berührte die Schulter seines Vaters – es war die einzige Geste der Zärtlichkeit, zu der er sich fähig sah.

Mitch war ziemlich schleierhaft, wie Mike und Charley überlebten. Aber vielleicht war 23 Uhr ja eine schlechte Zeit.

Nat war weißhaarig, aber zehn Jahre jünger als Pa. Als Mitch sich an die Bar setzte, schenkte ihm Nat kaum Beachtung.

Am folgenden Abend ging Mitch zur gleichen

Zeit wieder hin, setzte sich auf denselben Barhocker und bestellte den gleichen Drink. Nat bemerkte es nicht. Am dritten Abend nickte er freundlich. Ende Woche sagte Nat: »Ich find's immer schön, wenn Sie reinkommen. Dann weiß ich, dass ich in zwei Stunden heimgehen kann.«

»Schön, dass ich irgendjemandem nützlich sein kann.«

»Was ist los, Mann? Einsam?«

Mitch brummte: »Nein, verheiratet.«

»Ah!«, sagte Nat. »Ich hab das auch einmal probiert. War eine einzige Katastrophe.«

»Hat sie Sie betrogen?«

»Mich? Nee, dazu sehe ich zu gut aus.« Nat grinste und schenkte Mitch unaufgefordert einen weiteren Drink ein. »Wissen Sie, Sie kommen mir so ein bisschen bekannt vor.«

»Der Apfel fällt nicht weit vom Stamm«, sagte Mitch. »In mehr als einer Beziehung.« Er streckte dem anderen die Hand hin. »Ich heiße Mitchell Byram.«

Keine Reaktion. »Der Name meines Vaters ist John.«

»Sorry, kenne Ihren Vater nicht.«

»Ist er nicht oft hergekommen und hat über seine verpfuschte Ehe geredet? Ist schon lange her.«

»Sie glauben gar nicht, wie viele Leute mir von

ihren Frauen erzählen. Nach einer Weile hört man einfach nicht mehr hin.«

»Ich hoffe, Sie tun das bei mir nicht auch«, sagte Mitch. »Wissen Sie, ich habe nämlich den gleichen Fehler begangen wie mein Alter. Ich habe mir eine Frau gesucht, die zu jung und zu hübsch ist.«

»Die führt Sie jetzt an der Nase rum?«

»Und ich kann sie nicht raussetzen«, sagte Mitch. »Ich hab da so ein Papier unterschrieben.«

»Was für ein Papier?«

»So einen Ehevertrag. Im Falle einer Trennung kriegt sie die Hälfte meines Geldes.«

»Das ist freilich hart«, sagte Nat.

»Mein Vater hatte auch schon ein Problem dieser Art, aber dem hat jemand geholfen. Ein Einbrecher, der dem Elend ein Ende machte.« Mitch hielt sein Glas hin und sah dabei Nat in die Augen. »Trinken Sie einen mit mir.«

Am 15. Juli – die Klimaanlage im Schlafzimmer lief dröhnend auf vollen Touren – sah Mitch seine ruhelose Frau an. »Nun schlaf jetzt endlich«, sagte er.

»Bist du verrückt? In einer solchen Nacht?«

»Ich muss das Ding runterdrehen«, sagte er und ging zum Fenster. »Es ist zu laut.«

»Wir werden hier drin verschmoren.«

Er drückte auf einen Knopf und ging dann zur

Schlafzimmertür. »Mir ist, als hätte ich da was gehört.«

»O Gott!«, sagte sie und zog die Decke bis zum
Kinn hoch.

Mitch ging die Treppe hinunter. Er hörte, wie die
Schwingtür zur Küche aufging. Er versteckte sich
unter der Treppe und lauschte dem schlurfenden Ge-
räusch von Nats Turnschuhen. Dann erschien der
Barkeeper, in der herabhängenden rechten Hand eine
Pistole, und Mitch hielt den Atem an. Als Nat die
Treppe halb hinaufgegangen war, hob Mitch die
Flinte und drückte ab.

Die zweite Ladung wäre nicht nötig gewesen,
aber Mitch wollte ganz sicher sein, dass der Mann
tot war. Das sagte er auch der Polizei, als sie kam,
um den »Einbrecher« fortzuschaffen, der endlich
für einen alten, längst vergessenen Job seinen vollen
Lohn bekommen hatte.

·

· Andrea Camilleri

Was geschah mit der kleinen Irene?

Bevor er das Angebot angenommen hatte, sich für eine gewisse Zeit als Zahlmeister einzuschiffen, hatte Cecè Collura mit seinem Freund und Lehrer Salvo Montalbano darüber gesprochen. Montalbano hatte ihn lange angeschaut, ohne ein Wort zu sagen, sich dann aber dazu durchgerungen, seinen Mund aufzumachen.

»Cecè, bist du schon jemals über den Atlantik geflogen?«

Allein bei der Vorstellung traten Schweißtropfen auf Colluras Stirn.

»Nein, bis jetzt hat der Ewige mich davor bewahrt.«

»Siehst du, Cecè, wenn du das Flugzeug betrittst, empfangen dich Stewardessen, die sind adrett angezogen und sehen hübsch aus. In ihrer Uniform ist nicht eine Falte, kein Haar ist da, wo es nicht sein soll. Und kurz nach dem Abflug ziehen die Stewardessen ihre Uniform aus und tragen so etwas wie eine Kittelschürze. Weißt du, warum?«

»Nein, weiß ich nicht, und ich will es auch gar nicht wissen.«

»Aber du musst es wissen. Sie wechseln die Kleidung, weil sie zu Dienerinnen werden, zu Mägden. Zu Diensten derer, die das Essen nicht mögen und lieber etwas anderes haben wollen, zu Diensten derer, die das Fliegen nicht vertragen und sich aufs Hemd kotzen, zu Diensten einer Mutter, die die Windel bei ihrem Kleinen wechseln muss, zu Diensten …«

Cecè Collura, der ganz weiß geworden war, unterbrach ihn.

»Und deiner Meinung nach muss ein Zahlmeister den Podex von einem Neugeborenen abwischen?«

»Das sage ich nicht, aber fast.«

Vielleicht, so dachte Cecè Collura nach einigen Tagen auf See, war Montalbano doch ein bisschen sehr pessimistisch, was übrigens völlig seinem Charakter entsprach. Sicher, Scherereien und Auseinandersetzungen gab es mit den Passagieren tagtäglich, doch manchmal ereignete sich dann auch etwas, das seine Begabung als Bulle herausforderte. Zum Beispiel, als die gerade einmal drei Monate alte Tochter von Signora Spoto sich in Luft auflöste.

Signora Laura Spoto war wohl über dreißig und vielleicht auch einmal eine attraktive Frau gewesen. Vielleicht, denn diejenige, die da mit roten und vom

Weinen verquollenen Augen, mit zwei tiefen Falten um den Mund und einer ungesunden Hautfarbe vor Cecè Collura stand, war eine arme, bedauernswerte Frau. Sie erzählte ihm, dass sie gleich nach dem Abendessen ihrem Töchterchen, das Irene hieß, zu essen geben wollte. So wie jeden Abend.

»Säugen Sie sie?«

Nein, das tat sie nicht, doch hatte sie alles Notwendige mitgebracht, und die Kabine war bestens ausgestattet. Unter Schluchzen erzählte sie weiter, dass sie sich gegen zweiundzwanzig Uhr, als die kleine Irene eingeschlafen war, entschlossen habe, ein bisschen Luft zu schnappen und kurz auf dem Deck spazieren zu gehen, das ihrer Kabine, einer Doppelbett-Außenkabine, am nächsten liegt. Als sie nach noch nicht einmal einer halben Stunde wieder zurück war, hatte sie die Tür geöffnet und das Kind nicht mehr auf dem Bett vorgefunden, wo sie es zurückgelassen hatte. Sie dachte, es sei gefallen, obwohl sie es vorsichtshalber zwischen zwei Kissen gelegt hatte. Sie habe es dann mit immer größer werdender Verzweiflung gesucht.

»Sind Sie sicher, dass Sie die Kabine mit dem Schlüssel abgeschlossen haben?«

»Völlig sicher. Darauf passe ich immer auf.«

Und gleich nach diesen Worten bekam sie einen furchtbaren Weinkrampf, dem ein Zusammenbruch folgte. Premuda, der Triestiner Vize, rief die Krankenstation an und ließ einen Arzt kommen. Kaum hatte dieser sie angesehen, wollte er sie gleich auf die Krankenstation bringen lassen. Bevor Cecè Collura mit der Ermittlung begann, ging er zum Kommandanten, der, als er die Nachricht gehört hatte, kreidebleich wurde.

»Das ist das Schlimmste, was uns passieren kann! Ein drei Monate altes Mädchen stellt sich doch nicht auf seine eigenen Beine und spaziert einfach davon! Es ist klar, irgendjemand hat sie entführt. Diskretion, wenn ich bitten darf. Andernfalls wollen alle die Kreuzfahrt vorzeitig beenden.«

»Der Computer hat uns die Daten von Signora Spoto ausgespuckt. Sie hat einen Ehemann in Genua, der sich aber nicht eingeschifft hat. Was soll ich tun, Commandante, soll ich ihn über die augenblickliche Lage in Kenntnis setzen?«

»Um Himmels willen, nein! Das dürfen wir nicht einmal in Erwägung ziehen. Nicht nur würde es keinen Sinn machen, sondern man würde auch sämtliche Teufel der Hölle entfesseln, die Zeitungen würden Wind davon bekommen und dann Gute Nacht, schöne Kreuzfahrt! Seien Sie umsichtig, Commissario, ich bitte Sie.«

»Ich habe verfügt, dass sich keiner der Kabine 38 von Signora Spoto nähern darf. Und ich habe das

Zimmermädchen und den für diesen Korridor zuständigen Steward herbestellt«, sagte der Triestiner gleich, als er sah, dass Cecè Collura wieder zu Sinnen kam.

Und er sagte weiter: »Wollen Sie, dass wir uns die Kabine einmal anschauen?«

»Zuerst will ich mit den beiden sprechen. Und derweil lassen Sie mich wissen, wie es Signora Spoto geht, ob sie in der Lage ist, unsere Fragen zu beantworten.«

Die Befragung des Stewards und des Zimmermädchens ergab, dass das Letztere gegen zweiundzwanzig Uhr Signora Spoto aus der Kabine hatte kommen sehen; sie hatte die Tür abgeschlossen und, bevor sie wegging, dem Zimmermädchen noch einmal das Übliche ans Herz gelegt.

»Das Übliche? Was ist das?«

»Wenn Sie das Kind schreien hören, dann rufen Sie mich sofort. Ich bin auf Deck B.«

»Und Sie haben es heute Abend gehört?«

»Heute Abend nicht, aber gestern schon. Ich habe Signora Spoto informiert, die dann auch gleich gekommen ist.«

»Und Ihnen ist nichts Verdächtiges aufgefallen?«

Das Zimmermädchen zögerte einen Augenblick, dann redete sie mit großer Entschiedenheit.

»Commissario, als die Frau das Kind nicht vorgefunden hatte, ist sie zu mir gekommen, völlig aufgelöst und durcheinander. Sie hat mich gefragt, ob jemand während ihrer Abwesenheit in ihre Kabine gegangen sei; ich habe das verneint, und das war die volle Wahrheit. Daher können nur zwei Menschen als Verdächtige in Frage kommen: ich und der Steward. Und wir beide schwören, dass wir die kleine Irene nicht entwendet haben.«

Das Gesicht des Zimmermädchens war nicht nur ehrlich, sondern auch intelligent. Premuda, sein Vize, kam zurück, man hatte Signora Spoto ein Beruhigungsmittel verabreicht, und jetzt schlief sie. Cecè Collura ließ sich von dem Zimmermädchen zur Kabine von Signora Spoto begleiten, und die junge Frau öffnete die Tür mit dem Generalschlüssel, denn Signora Spoto hatte ihren Kabinenschlüssel mitgenommen.

»Wer belegt Kabine 37?«

»Madame und Monsieur Duclos aus Frankreich, sie sind wohl frisch verheiratet.«

»Und die 39?«

»Die ist unbelegt, erst an der nächsten Anlegestelle werden die Passagiere dieser Kabine an Bord kommen.«

Die Unordnung in der Kabine deutete auf die verzweifelte Suche von Signora Spoto hin. Da waren ein Kinderwagen und alles, was man für einen kleinen Wurm von drei Monaten brauchte, Fläschchen, Schnuller, Windeln. In der Minibar unter anderem zwei Dosen Milch, von denen eine geöffnet war.

»Wissen Sie, ob das Kind ganz gesund war?«

»So, wie es aussah, schon. Bis jetzt brauchte der Schiffskinderarzt nicht zu kommen. Aber gesehen haben wir die Kleine noch nie.«

»Was soll das heißen?«, fragte Cecè überrascht.

»Wenn wir hereinkamen, um das Bett zu machen und die Kabine sauber zu machen, stand Signora Spoto immer schon mit dem Kind auf dem Arm da oder ging mit dem Kinderwagen über den Flur und wartete, bis wir fertig waren. Sie war sehr behütend mit dem Kind, keiner durfte es anfassen. Sie hielt es immer zugedeckt, sie sagte, es würde sich so leicht erkälten.«

»In Ordnung, Sie können sich jetzt wieder um Ihre Aufgaben kümmern. Und bitte zu niemandem ein Wort über das, was hier vorgeht.«

Als Cecè Collura allein war, fühlte er das Unbehagen, das er sofort gespürt hatte, als er die Kabine betrat, größer werden. Er schlug ein Fotoalbum auf, das auf dem Nachttisch lag. Die Fotos zeigten genau das gleiche kleine Mädchen, von den ersten Tagen an bis zu seinem jetzigen Alter von drei Monaten. Nur auf zweien oder dreien war auch die Mama zu sehen, der Vater dagegen trat nie in Erscheinung. Das letzte Foto dieses Albums stellte Signora Spoto dar, in einer Großaufnahme. Sie war darauf, wie Collura sie kurz zuvor im Büro gesehen hatte, zwei tiefe Furchen zu beiden Seiten des Munds, die Augen zwar nicht geschwollen vom Weinen, jedoch ausdruckslos. Wie anders als die junge Frau, die auf den anderen Fotos mit ihrem Kind so glücklich lächelte! Jemand klopfte vorsichtig an die Tür. Dort standen das Zimmermädchen und ein junges Ehepaar.

»Das sind Madame und Monsieur Duclos«, stellte das Zimmermädchen sie vor.

»Wir aben Geräusch geört«, sagte Monsieur Duclos in einer wunderbaren Vermischung von Sprachen. »Isch und mein Frau aben gedacht, dass *la petite …*«

»Es geht ihr gut, der *petite*«, log Collura. »Oder genauer gesagt, sie hatte ein kleines Wehwehchen, wie Kinder es immer wieder haben. Sie ist auf der Krankenstation, mit ihrer Mama.«

»Das ist gut so«, sagte Madame Duclos. »Mon mari und isch aben die Kleine so gern. Manchmal aben wir sie weinen geört, die Wände sind so dunn.«

Sie gingen wieder weg. Collura setzte sich aufs Bett und nahm wieder das Fotoalbum in die Hand. Plötzlich durchfuhr ihn eine Idee, die ihm die Wirbelsäule erstarren ließ. Vom Telefon dieser Kabine rief er auf der Krankenstation an, Signora Spoto ruhte immer noch. »Hat sie ihre Handtasche bei sich? Bring sie mir doch bitte gleich ins Büro.«

Er klingelte nach dem Zimmermädchen, und dieses eilte herbei.

»Bringen Sie die Kabine wieder in Ordnung. Und legen Sie auf das Bett zwei Kissen, Sie wissen doch, so, wie man's macht, damit die Kinder nicht herunterfallen können.«

Als er im Büro eintraf, stand die Handtasche von Signora Spoto bereits auf seinem Tisch. Er öffnete sie. Und drinnen fand er das, was er erwartet hatte. Doch statt Genugtuung zu empfinden, spürte er, wie ein wehmütiger Schmerz ihm ins Herz schnitt. Ein ganz kleines Aufnahmegerät, zwei Kassetten. Er legte die erste ein. Lediglich das Aufnahmegeräusch, keine Stimmen. Er stoppte, spulte zurück und ließ das Band schnell vorlaufen. Sobald er einen Ton hörte, stellte er es auf normale Geschwindigkeit ein. Und gleich erklang, schrill und deutlich, im Büro das Weinen des verschwundenen kleinen Mädchens.

»Haben Sie die Kleine gefunden?«, fragte Premuda, der sofort hereinkam, ein glückliches Lächeln im Gesicht.

»Ja, sie ist hier drinnen«, sagte Collura und zeigte auf das Aufnahmegerät.

»Mein Gott! Wieso?«, fragte der Vize und wurde kreidebleich.

»Rufen Sie für mich den Ehemann in Genua an, jetzt gleich.«

Sowie Signor Spoto erfuhr, dass seine Frau sich auf dem Schiff befand, brach er in Tränen aus. Seit Tagen suchte er sie überall, sie hatte sich seine Abwesenheit und eine kurze Unachtsamkeit der Krankenschwester, die sich um sie kümmerte, zunutze gemacht und war von zu Hause verschwunden.

Laura hatte das Kind vor fünf Jahren verloren, als es drei Monate alt war. Daraufhin hatte sie einen Nervenzusammenbruch und hat sich davon nie wieder erholt. Klinikaufenthalte, Behandlungen, alles vergebens, nichts hat gewirkt.

Sie hatte sich darauf versteift, dass das Kind nicht tot war, er, der Ehemann, war es, der das Kind von ihr fernhielt, und deshalb rannte sie gelegentlich von zu Hause weg und drückte eine Puppe an ihr Herz.

»Kommen Sie zur nächsten Anlegestelle, und holen Sie sie ab«, sagte Commissario Collura. Und dann, zu Premuda, der völlig niedergeschmettert wirkte: »Nehmen wir uns zusammen, kehren wir in die Kabine zurück.«

Nach einer Stunde des Suchens fanden sie die Puppe. Sie war in einem Hohlraum hinter dem Waschbecken. Vorsichtig, als handele es sich um ein wirkliches Baby, legte Collura sie aufs Bett zwischen die beiden Kissen.

»Und was machen wir jetzt?«, fragte sein Vize.

»Ich gehe Signora Spoto besuchen. Warten Sie hier auf mich, ungefähr eine halbe Stunde. Dann schalten Sie den Recorder ein und verschwinden. Vor dem Geschrei des Kindes gibt es ungefähr zwanzig Minuten, in denen es ganz still ist. Die werden genügen. Signora Spoto mag ja durchaus verrückt sein, aber bei einigen Dingen gebraucht sie eben doch ihren Kopf. Immer wenn sie die Kabine verließ, stellte sie den Rekorder an, auf dem dann nach einer bestimmten Zeit das Schreien zu hören war. Daraufhin lief das Zimmermädchen auf das Deck und rief Signora Spoto. Und alles sah ganz wirklich aus.«

Signora Spoto war gerade aufgewacht; als sie den Commissario erblickte, sah sie ihn mit banger Sorge an. Cecè setzte ein triumphierendes Gesicht auf. »Ich habe eine wunderbare Nachricht für Sie, Signora! Wir haben Ihr Kind wiedergefunden!«

Signora Spoto sprang vom Bett herunter, ihre Augen funkelten vor Freude, sie zog ihre Schuhe an, Commissario Collura reichte ihr seinen Arm. Gerade als sie in den Korridor mit der Kabine 38 einbogen, konnte man das Schreien des Kindes durchaus deutlich hören.

»Irene!«, rief Signora Spoto und lief ihrer Illusion entgegen.

Ingrid Noll

Donau so grau

Vielleicht lag es daran, dass ich ohne Schwestern
aufgewachsen bin; jedenfalls hat mich erst meine
Schwiegermutter über PMS aufgeklärt. Als ich mich
als junger Ehemann zum ersten Mal über Marinas
patzige Launenhaftigkeit beklagte, behauptete ihre
Mutter steif und fest, PMS verschwinde nach dem
ersten Kind. Einige meiner verheirateten Leidens-
genossen, die ich über das prämenstruelle Syndrom
befragte, konnten zwar auch von gelegentlichen Ver-
stimmungszuständen ihrer Frauen berichten, doch
in den meisten Fällen schien es sich nur um körper-
liche Beschwerden zu handeln. Natürlich bohrte sich
der Zaunpfahl meiner Schwiegermutter tief in mein
Herz, und ich sorgte rasch für das erste Kind. Schon
bald erwies es sich allerdings als Fehlschlag, und auch
das zweite und dritte Baby hatten keinen Einfluss
auf PMS.

Für einen Außenstehenden ist es kaum zu verstehen, wie sehr mich die permanente Verdrossen-
heit meiner Partnerin bedrückte. Bereits beim Früh-

stück blickte ich in das Antlitz der Mater dolorosa – wobei das noch die milde Variante war. Abends hatten sich Marinas miesepetrige Züge in die eines kranken Orang-Utans verwandelt, den ich vor Jahren in einem Budapester Zoo bedauert hatte.

Nach Jahren der Duldsamkeit konnte ich es irgendwann nicht mehr glauben, dass allein die Hormone für Marinas schlechte Laune verantwortlich sein sollten. PMS trat bei ihr nicht bloß 6 bis 8 Tage vor der Regel auf, sondern ging nahtlos in ein intra- und schließlich postmenstruelles Syndrom über. Sollte ich auf die Wechseljahre hoffen? Doch sowohl Meno- als auch Postmenopause waren sicherlich erst recht eine gute Ausrede für Griesgram-Syndrome. Allmählich dämmerte mir, dass Marinas Muffigkeit ein Charakterzug war, der sich nicht ändern ließ.

Unter diesen Umständen war es nicht weiter verwunderlich, dass ich mich in eine junge Frau verliebte, die ein Praktikum in meinem Betrieb absolvierte. Von ihren arktischen Ahnen hatte sie das ruhige Temperament geerbt, ebenso ein plattes Mondgesicht. Doch das tat meiner Leidenschaft keinen Abbruch, denn ich sah mir ihren gar nicht platten Busen sowieso viel lieber an. Mit dem Mut der Verzweiflung suchte ich sogar einen Rechtsanwalt auf, der mich leider belehrte: Finanziell würde mich die Scheidung ruinieren.

Ich war nicht mehr jung, aber meine Freundin Jennifer war es. Wochenlang rechnete ich hin und her und knirschte dabei mit den Zähnen vor Zorn. Da ich ein weitgehend nüchterner Mensch bin, weiß ich durchaus, dass meine Großzügigkeit ein wesentlicher Bestandteil meiner Anziehungskraft ist. Nach reiflichem Überlegen fasste ich den Entschluss, meine Frau durch einen perfekten Mord aus dem Weg zu schaffen.

Einem spurlosen Verschwinden mit zermürbenden und aufwendigen Suchaktionen fühlte ich mich nicht gewachsen. Da man aber im Bekanntenkreis und in der Nachbarschaft Marinas Missmut seit Jahren als Niedergeschlagenheit interpretierte, konnte ich gezielt ein paar Andeutungen über eine schwere endogene Depression in Umlauf setzen. Im Betrieb, in der Verwandtschaft, selbst bei den eigenen Kindern stieß ich sofort auf teilnahmsvolles Verständnis. Einige Mitmenschen meinten sogar, sie hätten insgeheim längst die richtige Diagnose gestellt. In hohem Maße suizidgefährdet, das musste nun jeder annehmen und würde es gegebenenfalls bezeugen können.

Auf allen meinen Ungarnreisen hatte ich stets im gleichen Hotel in Buda übernachtet. Der Blick auf die Kettenbrücke und die graue Donau hatte es mir angetan, so dass ich immer auf einem Zimmer in den obersten Stockwerken bestand. Ein Sturz aus dieser Höhe war sozusagen idiotensicher. Glücklicherweise hatte man sich hier noch nicht dafür entschieden, die türhohen Fenster zugunsten einer Klimaanlage zu verrammeln.

Als Täterin kam eigentlich nur meine Geliebte in Frage, die ja auch ein persönliches Interesse an einer sauberen Lösung haben musste. Da Marina mickerig und schwach, Jennifer dagegen groß und kräftig war, hatte ich rasch einen Plan im Kopf.

Marina war zwar verwundert, als ich ihr eines Tages anbot, mich auf einer sommerlichen Dienstreise zu begleiten, fühlte sich jedoch trotz hämischer Bemerkungen irgendwie geschmeichelt. »Das wurde aber auch mal Zeit«, knurrte sie und überlegte sofort, ob sie für den kurzen Trip nach Budapest neue Garderobe brauche. In einem Anfall von Großmut gestattete ich ihr zusätzlich den Kauf einer Perlenkette, die sich nach ihrem Tod als hübsches Hochzeitsgeschenk für Jennifer anbieten würde.

Obwohl sich meine Frau und meine Freundin noch nie begegnet waren, buchte ich für Jennifer zwar vorsichtshalber einen separaten Flug, jedoch ein Zimmer auf der gleichen Etage. Ich wusste aus Erfahrung, dass die Stubenmädchen relativ spät zum Aufräumen kamen. Sie trugen alle eine kleine weiße Rüschenschürze; Jennifer hatte sich bereits in Deutschland eine ähnliche besorgt.

An jenem verhängnisvollen Morgen verließ ich gleich nach dem Frühstück unsere Suite, um ein hieb- und stichfestes Alibi zu haben. Seit Ewigkeiten kannte ich Marinas Gewohnheiten und war mir sicher, dass sie vor dem geplanten Spaziergang zur Fischerbastei noch eine Weile herumtrödeln würde. Auf dem Weg zum Lift klopfte ich kurz an Jennifers Tür und übergab ihr meine Hotel-Chipkarte. Sie sollte etwa eine halbe Stunde später bei uns eindringen und Marina ohne viel Federlesen über das Eisengeländer kippen. Natürlich durfte sie bei ihrer Blitzvisite auf keinen Fall beobachtet werden.

Ganz in der Nähe lag das kleine Bistro, in dem ich mit meinem Geschäftsfreund Imre verabredet war. Von dort hatte ich die beste Aussicht auf die oberen Stockwerke unseres Hotels. Leider war ich so aufgeregt, dass ich zu keiner vernünftigen Unterhaltung fähig war und mich Imre verwundert fragte, was denn los sei. Auch mit ihm sprach ich über die schweren Depressionen meiner Frau: Ausnahmsweise hatte ich sie auf die Reise mitnehmen müssen, weil man sie mit gutem Gewissen nicht mehr lange allein lassen konnte.

Zum Zeitpunkt des Sturzes wurde mir die Sicht leider von einem lkw blockiert, aber ich hörte pünktlich zum vereinbarten Termin entsetzte Schreie auf der Straße. Imre ging hinaus, erfuhr durch einen Passanten von einem Unglück im Hotel und rannte mit mir zum Tatort.

Bereits von Weitem sah ich, wie man eine Frau in einem blauen Mantel auf eine Bahre hob. Schon die Farbe des Samtmantels hätte mich misstrauisch machen müssen, denn Marina hatte sich das bodenlange Cape für einen erhofften Opernbesuch gekauft. Es machte keinen Sinn, dass sie sich bereits am helllichten Vormittag derart herausputzte.

Als wir näher kamen und uns einen Gang durch die Menge bahnten, stieß ich auf meine völlig verstörte Frau. Zu dritt steuerten wir das Foyer des Hotels an und ließen uns dort in die Sessel fallen. Marina schluchzte immer wieder: »Sie hatte mein neues Cape an!«

Nach fünf Zigaretten war sie schließlich in der Lage, zusammenhängend zu berichten. Kurz nach meinem Weggehen habe das Stubenmädchen angeklopft, um die Betten zu machen; da sie nicht im Weg stehen wollte, hatte Marina den Raum verlassen. Was dann passiert war, konnte sie überhaupt nicht begreifen, denn sie stand noch mit dem Stadtplan auf der Straße, als ein Körper durch die Luft flog und sie um ein Haar erschlagen hätte. Fassungslos stellte sie fest, dass es das Zimmermädchen war, das seltsamerweise Marinas Abendmantel und ihre Perlenkette trug.

Erst zwei Stunden später hatte ich die Gelegenheit, mit Jennifer zu sprechen. Sie fläzte sich auf ihrem Bett, trug nichts als das weiße Schürzchen und war betrunken. Alles im grünen Bereich, lallte sie, und ihr Pfannkuchengesicht glänzte. Marina habe vor dem Spiegel gestanden und sich selbstgefällig hin und her gedreht. Wie besprochen, hatte Jennifer zügig gehandelt, die kleine Gestalt blitzschnell geschnappt und aus dem bodenhohen Fenster befördert. Kein Mensch habe sie dabei gesehen, versicherte sie stolz, und ihre sonstige Tranigkeit war wie weggeblasen.

»Es war gar nicht meine Frau, du hast ein armes Kammerkätzchen ermordet«, sagte ich aufgebracht und nahm ihr die Flasche weg. »Hör auf zu saufen, gib mir meine Keycard zurück, nimm ein Taxi, und verschwinde!«

Es dauerte relativ lange, bis Jennifer begriff, dass sie alles falsch gemacht hatte. Meine Vorhaltungen brachten sie allerdings in Harnisch. »Hätte ich vielleicht erst fragen sollen, ob es die Richtige ist?«, brüllte sie.

Mit offenem Mund hörte sie am Ende doch noch zu, wie ich ihr die Situation vor Augen führte: Ein ungarisches Zimmermädchen, das weiß Gott nicht viel verdiente, wollte nur mal den teuren Mantel der Deutschen anziehen und vor dem Spiegel feine Dame spielen. Diese kleine Sünde musste sie mit dem Leben bezahlen. Bei dieser Vorstellung zerfloss Jennifer auf einmal in Tränen.

Als ich zurück in unser Zimmer kam, sagte Marina: »Der Portier war gerade hier und hat mir meine Sachen gebracht. Vielleicht glaubte diese durchgeknallte Piroschka, das Cape verleihe ihr Batmans Fähigkeiten. Mein Mantel ist völlig hin, aber seltsamerweise ist die Kette heil geblieben. Trotzdem werde ich sie nie mehr tragen. Perlen bedeuten Tränen, also bringen sie Unglück; am Ende falle ich auch noch aus dem Fenster oder gar ins Wasser.«

Gute Idee, dachte ich, als Nächstes werden wir es mit der Donau versuchen.

Inzwischen liegt Marina längst auf dem Friedhof und Jennifer von früh bis spät in unserem Doppelbett. Vielleicht hätte ich ihr die Kette doch nicht schenken sollen, denn Marinas Perlen haben tatsächlich Unglück gebracht. Erst nach der Hochzeit kam ich dahinter, dass auch meine zweite Frau unter scheußlichen PMS-Schüben leidet und zwecks Behebung ihrer schlechten Laune zur Flasche greift. Wenn sie richtig blau ist, trällert sie rülpsend den *Donauwalzer*.

Åke Edwardson

Ein zweites Leben

Im Landesinneren war es noch heißer, als hätte die Hitze hier ihre Quelle. Er konnte aber immer noch die Nähe des Meeres spüren, als er aus dem Wagen stieg, ein salziger Duft in dem Wind, der aus Westen kam. Es war später Nachmittag, und die Sonne versank hinter dem Wald, der hinter dem Ort begann, in dem er aufgewachsen war, mit diesem Wind aus dem Westen, dem Salzduft und der Sehnsucht nach dem Meer. Die vielleicht noch weiter reichte.

Er war seit zwanzig Jahren nicht mehr hier gewesen. Alles war unverändert, aber in anderen Proportionen, kleiner. Er hatte seinen Wagen am Bahnhof abgestellt und ging von dort zu Fuß los. Der Vorortzug fuhr hinter seinem Rücken. Die Ortsmitte hatte sich nicht verändert, aber das Haus, in dem er aufgewachsen war, hatte man umgebaut. Oder hatten sie es sogar abgerissen und ein anderes an seiner Stelle gebaut. Es gab niemanden mehr hier, den er kannte. Seine Eltern waren schon lange tot.

Neue Menschen lebten dort drinnen, andere Stimmen in den neuen Zimmern.

So ist es mit dem Leben, dachte er, und solche Gedanken kamen ihm hin und wieder. Alles wird abgerissen, und dann muss man versuchen, es wieder aufzubauen, und das ist nicht einfach. Das kann schief und krumm werden, wenn man sich nicht anstrengt. Und manchmal genügt auch das nicht.

Es gab eine Erklärung dafür, warum er während all der Jahre nie zurückgekommen war. Es gab einen Grund dafür, warum er jetzt zurückkam. Nein. Sozusagen teilweise einen Anlass. Oder war es doch der Grund. Plötzlich konnte er nicht mehr klar denken. Die Erinnerungen umgaben ihn genau wie die Hitze, die sich schwer und klebrig anfühlte.

Er wusste, dass die zähe, schwere Ruhe, die wie eine Daunendecke über dem Ort lag, allein aufgrund seiner Ankunft in Fetzen zerrissen werden konnte. Hier gab es ein schreckliches Geheimnis, und er war Teil davon. Hier gab es ein Geheimnis, das immer noch nicht gelöst war. Es war das letzte Puzzleteilchen.

Die wenigen Gesichter im Café waren fremd. Sonderbarerweise schienen mehr Leute zu gehen, als zu kommen. Die meisten sind anscheinend auf dem Weg von hier fort, dachte er. Das ist immer das Gleiche in allen kleineren Orten, die im Schatten größerer Städte liegen. Er trank seinen Kaffee und wartete. Alles hatte etwas Zufälliges an sich. Der Schatten der großen Stadt fiel auf das Land im Inneren, und die, denen es möglich war, zogen Richtung Westen aus dem Schatten, um zum Schluss in das strahlende Licht über dem Meer zu kommen. Er schmunzelte und schaute in seine Tasse. Er hörte eine Stimme und schaute auf.

»Ich traue meinen Augen nicht.«

Er gab keine Antwort.

»Als ich deine Stimme am Telefon gehört habe, dachte ich, es wäre ein Scherz.« Sie stand immer noch an seinem Tisch. »Ein schlechter Scherz.«

»Willst du dich nicht setzen?«

»Nein.«

»Nun komm schon, Britt.«

»Ich sollte eigentlich gar nicht hier sein«, sagte sie und schaute auf den leeren Stuhl vor sich. Sie setzte sich.

»Willst du einen Kaffee?«

»Ich will eine Erklärung.«

»Deshalb bin ich hier. Aber ich weiß nicht viel mehr als du.«

Er hatte ihr gesagt, dass er sie treffen wolle, dass es äußerst wichtig sei. Etwas Neues sei eingetroffen, nach so langer Zeit. Alles war lange Zeit her, aber nichts hatte ihn zur Ruhe kommen lassen. Ich muss zur Ruhe kommen, hatte er oftmals gedacht. Das muss ein Ende haben.

Er hatte sie angerufen, mehr als einmal. Es war, als hätte er bei ihr Trost gesucht. Das war ein paarmal im Jahr vorgekommen. Und in letzter Zeit mehrmals. Du musst aufhören, hatte sie gesagt. Du musst aufhören, Peter. Du *musst*. Wir müssen vergessen. Du musst einen Schlussstrich ziehen, hatte sie gesagt.

»Wir sollten hier nicht sitzen«, sagte sie und schaute sich um.

»Siehst du jemanden, den du kennst?«

»Es gibt immer jemanden, der mich kennt.«

»Bist du so bekannt?«

»Du hast offenbar vergessen, wie es ist, an so einem Ort zu wohnen?«

»Ja.«

»Dafür solltest du dankbar sein.«

Er erwiderte nichts.

»Aber vielleicht ist das trotzdem der beste Treffpunkt hier.« Sie schaute sich wieder um. »Der anonymste.«

»Ja«, sagte er.

»Und?« Sie schaute ihn an. »Warum bist du hergekommen?« Es gab keine Wärme in ihrem Blick. »Du hast doch versprochen, nie wieder herzukommen.« Sie machte eine Handbewegung, und er sah den Ring an ihrem Finger. Ihr Mann. Er wusste nicht, wie lange die beiden schon zusammen waren.

»Hast du etwas zu deinem… Mann gesagt von uns… dass du mich hier triffst?«

»Denkst du, ich bin bescheuert?«

Er schüttelte den Kopf.

»Warum bist du hier?«, wiederholte sie.

»Ich habe einen Brief gekriegt.«

Sie wartete. Es waren nur noch wenige Gäste im Café. Der Nachmittag war in den Abend übergegangen im Sommerlicht, das durch das Fenster zu sehen war. Die Straße draußen war menschenleer. Das Licht war blau in der Mittsommerhitze. Er sah sie an. Sie schien in ihrer weißen Bluse zu frieren. Ihr Gesicht war unverändert, es schien, als wäre überhaupt keine Zeit vergangen, wenn er sie ansah. Dabei war fast ein Vierteljahrhundert vergangen, aber er hätte sie sofort wiedererkannt. Er hatte im vergangenen Jahr jeden Tag an sie gedacht. Das waren viele Tage gewesen. Er wusste, dass sie ihn kaum wiedererkannte. Das Haar. Der Bart. Die Kleidung, die anders als üblich war. Wenn sie ihn auf der Straße gesehen hätte, hätte sie bemerkt, dass er einen anderen Gang hatte. Niemand hatte ihn wiedererkannt. Niemand.

»Und?«, fragte sie.

»Das war kein richtiger Brief«, sagte er, schob seine Hand in die Innentasche seiner Jacke und holte einen Umschlag heraus, den er ihr reichte. Sie nahm ihn entgegen, schaute nach unten auf das Papier und dann wieder auf ihn.

»Du kannst ihn herausholen«, sagte er.

Sie waren jetzt die einzigen Gäste im Café.

Sie zog einen Zeitungsausschnitt heraus.

»Das ist eine Kontaktanzeige«, sagte er.

»Das sehe ich.«

Sie sah ihn wieder an.

»Hast du gelesen?«

Sie schaute ihn an, gab aber keine Antwort.

»Hast du gelesen?«, wiederholte er.

Sie nickte, ohne zu antworten.

Er gab leise wieder, was sie gelesen hatte: »FÜR PETER UND BRITT ZUM GEDENKTAG. LIEBE GRÜSSE VOM WEIHER.«

Jetzt sah sie aus, als wäre sie aus Eis. Ihre Haut war fast so weiß wie ihre Bluse.

»Wo… wo stand das? Und wann?«, fragte sie, ohne ihn anzusehen. Sie hatte den kleinen Ausschnitt wieder in den Umschlag geschoben.

»Das steht auf der Rückseite«, sagte er.

Sie zog den Zeitungsausschnitt noch einmal heraus und las das Datum, das handschriftlich auf der Rückseite vermerkt war. Darunter stand »GP«.

»Ich ... ich verstehe nicht«, sagte sie und schaute ihn wieder an. »Ich verstehe nicht, Peter. Hast du das Datum geschrieben?«

»Nein.«

»Nein?«

»Ich habe den Ausschnitt in einem Umschlag gekriegt, der in Göteborg abgestempelt war, und da sah er schon so aus wie jetzt.« Er schaute sich um und sah sie dann wieder an. »Jemand will sichergehen, dass ich das gelesen habe.«

»Jemand?«

Er gab keine Antwort. Er wusste, woran sie dachte. Sie dachte an die gleiche Sache wie er. Das gleiche Gesicht.

»Mein Gott«, sagte sie.

»Ich habe das natürlich erst einmal nachgeprüft«, sagte er mit so ruhiger Stimme, dass er selbst verwundert war. »War in der Bibliothek. Die Anzeige war an dem Tag drin, in der *Göteborgs-Posten*.«

Sie schien nicht zuzuhören.

»Erinnerst du dich an das Datum?«, fragte er und beugte sich näher zu ihr hinüber. Sie schien ihn gar nicht zu hören, schien direkt durch ihn hindurchzusehen. »Das Datum? ›Der Gedenktag‹?«

Etwas schnappte in ihrem Blick zu, und sie kam zurück von dort, wo sie gewesen war und schaute ihn wieder an. Er wusste, wo sie gewesen war.

»Das kann etwas ganz anderes gewesen sein«, sagte sie. »Der reine Zufall. Mein Gott, wir sind doch nicht die einzigen Peter und Britt auf der ganzen Welt, oder?«

»Ich habe versucht, mir das auch einzureden«, sagte er.

»Dann mach es weiter«, sagte sie, »und ich mache es auch.«

»Da ist noch was anderes«, fuhr er fort.

»Sag es nicht«, erwiderte sie. »Wenn du es sagst, gehe ich sofort weg.«

»Der Weiher«, sagte er. Er musste es einfach sagen.

Sie stand auf und ging.

Sie weiß, wo ich bin, dachte er. Sie wird dorthin kommen.

Die Sonne war untergegangen, aber das Licht war noch da. Es war zwischen die Nadelbäume gefallen und hatte einen dumpferen Ton angenommen, aber es war noch da, als er den Waldweg entlangfuhr, der trocken und fest war, da es seit mehreren Wochen nicht geregnet hatte. Er hatte die Scheibe heruntergekurbelt und sog die Gerüche ein, die tausendfach aufzutreten schienen, seit die Sonne untergegangen war. Er stellte den Wagen unter den Baum, der zu siamesischen Zwillingen herangewachsen war, nachdem er ihn in jungen Jahren gespalten hatte. Als er selbst noch klein gewesen war, hatte er in dem Spalt gesessen, den Wald betrachtet und sich gewundert, wie dunkel der doch war.

Den Pfad gab es noch. Er schlängelte sich immer noch in gleicher Weise dahin: links, rechts, wieder rechts, links, ein Stückchen geradeaus, links. Die Hütte stand noch da und sah aus wie früher. Er wusste nicht, ob sie immer noch ihrer Familie gehörte.

Das Fenster war schwarz. Er ging vorbei, ohne die Türklinke zu kontrollieren. Er wollte nie wieder dort hineingehen. Er hatte nie wieder hierherkommen wollen, auf diesem Pfad, und er hatte *niemals* weitergehen wollen zum Wasser hinunter, das zwischen den Bäumen blinkte.

Der Weiher.

Er hörte jetzt einen Seetaucher von dort. Er ging bis ans Ufer. Ein Nebel lag auf dem Wasser. Der Weiher war größer, als er ihn in Erinnerung hatte, vielleicht war er in den letzten zwanzig Jahren auch zu einem See ausgewachsen. Doch wahrscheinlich war das nicht. Aber er wollte sich an diesem Punkt nicht seinen Erinnerungen nähern. Sie hatten ihn hierhergeführt, aber er wollte sie nicht zulassen.

Er registrierte die Gerüche am Wasser, sie waren ganz anders als die in der Stadt. Dort waren die Gerüche trocken, kräftig und klar wie das Meereswasser. Hier waren sie dunkel und voller Moder und trüb wie das schwarze Wasser, in das er hineinschaute, nur ein paar Meter vor seinen Füßen.

Die Erinnerungen kamen.

Sie waren in der Hütte gewesen. Britt und er waren dort drinnen gewesen, und sie waren nackt gewesen, und es war das zweite Mal. Sie hatte kein Recht dazu gehabt, und er auch nicht. Niemand kam hierher. Sie konnten voneinander nicht lassen. Sie hatte gesagt, dass sie wusste, dass sie ihm gehörte und dass er ihr gehörte, aber sie hätte es immer noch nicht ihrem Verlobten sagen können. Aber jetzt habe sie begriffen. Sie wollte das erzählen, was niemand wusste. Ich traue mich, hatte sie gesagt. Ihr Verlobter war gewalttätig. Einer dieser hochgewachsenen, gewalttätigen, großmäuligen Männer, die die schönsten Frauen wie ein Magnet an sich zogen, aber diesmal würde er sich von *ihm*, von Peter, geschlagen geben müssen, und innerlich jubelte er, während gleichzeitig Angst in ihm aufstieg davor, was passieren könnte, wenn das Geheimnis offenbar wurde. Er hatte sie wieder liebkost.

Er stand am Weiher und erinnerte sich an diese Berührung. Er drehte sich zur Hütte um, die in der Sommernacht leuchtete. Bald würde es dunkel sein, für eine kurze Weile, barmherzige Dunkelheit.

Er hatte sie liebkost. Sie hatten draußen ein Geräusch gehört. Ein Busch, der auf dem Pfad knackte. Damals war es Mittsommer gewesen, genau wie jetzt. Noch ein Geräusch, trocken und spröde. Sie hatten Schritte gehört, zweifellos Schritte, Schritte auf dem Pfad und Schritte hoch zum Haus und *Tritte* gegen die Tür und eine Stimme, die schrie, *seine* Stimme, das hier war nunmehr alles andere als ein Geheimnis, und er hatte gespürt, wie sie in seinen Armen zitterte, und er hatte die Tritte gegen die Tür gehört und durch die Dunkelheit gesehen, wie das Holz zersplitterte, und er war aufgestanden, ohne Kleider, die Kleidung hatte irgendwo unter dem Bett gelegen, das Holz in der Tür war zerbrochen, und der Mann da draußen hatte wie ein Wahnsinniger geschrien, und Britt hatte angefangen zu weinen, *er wird uns umbringen*, hatte sie geschluchzt, und er hatte gespürt, wie das Blut in seinem Körper rauschte, als würde es verzweifelt irgendwo im Körper nach einem Ort suchen, wo es Schutz vor den Schlägen finden könnte, die kommen würden, wenn der da draußen sich durch die Tür geschlagen und getreten hatte.

Dann war alles ganz schnell gegangen.

Er hatte eine Bewegung hinter sich gespürt und etwas in seiner Hand gefühlt. Das war hart und kalt gewesen. »Das habe ich gefunden«, hatte sie gesagt.

Er wusste nicht, was es war, aber es war schwer und scharf, und als der Wahnsinnige sich durch die Reste der Tür gezwängt hatte, hatte er schon bereitgestanden und das schwere Teil gehoben und direkt nach vorn geschleudert und die Vibrationen in seiner Hand gefühlt, als es traf, irgendwo in Gesichtshöhe, die Waffe, die er mit aller Kraft geschwungen hatte, hatte sich in dem anderen verkeilt und war aus Peters Hand gerissen worden, als der Körper zu Boden fiel.

Es war kein Leben mehr in dem Körper gewesen, als er zu Boden fiel.

Das Folgende war wie in einem Traum vor sich gegangen, dem man von außen zusieht. Sie war die Stärkere gewesen. Sie wusste gleich, was sie tun mussten. Er hatte zwar mehr tragen können als sie, aber sie hatte ihm gesagt, was er tun musste.

Der Teich war da. Der Teich hatte alles in sich verborgen.

Er hatte nicht gedacht, dass er in der Lage wäre, so schwere Steine zu heben und sie über *das* zu legen.

Als sie fertig waren, wusste er, dass der Weiher sein Geheimnis bewahren würde.

Am nächsten Tag war er abgereist. Ihre gemeinsame Zukunft war zerstört, auch wenn niemand wusste, was geschehen war. Das war ihnen unmittelbar danach klar. Sein Leben hatte an diesem Tag aufgehört.

Da war es zu Ende, dachte er, als er jetzt hier stand und aufs Wasser und versinkende Pflanzen starrte und meinte, die Stimmen der Seevögel wieder zu hören.

Jetzt will ich mein Leben zurückhaben. Ich will frei sein.

Den Gedanken hatte er in den letzten Jahren in sich getragen. Es hatte begonnen wie ein Splitter, gegen den er sich gewehrt hatte, aber er konnte ihn nicht abschütteln.

Als er erfuhr, dass Britt sich gegen das Alleinsein entschieden hatte und nun mit einem Mann zusammenlebte, war er von einer Art Schrecken erfasst worden. Sie würde nicht für alle Zeit schweigen können.

Und wenn das Geheimnis einem anderen weitergegeben worden war, gab es kein Halten mehr. Das Puzzle würde fertiggestellt werden.

Er wollte ein neues Leben anfangen, und so langsam war ihm klar geworden, dass es dafür nur eine Möglichkeit gab.

Sie musste ihr Leben dafür opfern, damit er endlich wieder leben konnte. Sie stand seinem Leben im Weg, und wenn sie fort war, war auch das Geheimnis fort.

Er hatte versucht, die schrecklichen Gedanken beiseitezuschieben, aber das war ihm nicht gelungen. Er hatte überlegt, dass er es ja schon einmal gemacht hatte ... damals. Sie bedeutete ihm nichts mehr oder zumindest nicht mehr als sein eigenes Leben. Das versuchte er, sich einzureden.

Es war ihre Schuld gewesen. Sie hatte ihm die Waffe gegeben, die jetzt auf dem Grunde des Weihers lag, der leicht im Mondschein zu glänzen begann, während er am Ufer stand. Der Brief hatte ihm die Möglichkeit gegeben, auf die er gewartet hatte. Sonst hätte er nie hierherkommen können, hätte nie einen Grund gehabt. Sie hätte ihn nie empfangen.

Er hatte lange darüber nachgedacht, wie er die Worte formulieren sollte. Nicht zu viel, nicht zu wenig. Glaubwürdig. Es musste glaubwürdig sein. Dann hatte er die Anzeige aufgegeben, sie ausgeschnitten und sich selbst geschickt. Er hatte vor kurzem die Unruhe in ihrem Blick gesehen, im Café. Er hatte es geschafft.

Der Weiher glänzte. Er meinte, einen Zug in der Ferne zu hören. Der Seetaucher schrie wieder, aber es klang wie von einer anderen Wasserstelle. Es roch jetzt sanfter, besser. Er konnte sich ein wenig entspannen.

Er fühlte das Messer, das er in einem Halfter unter der Achselhöhle trug.

Er überlegte, wann sie kommen würde. Er wusste, dass sie kommen würde. So weit kannte er sie.

Jetzt fühlte er sich ruhig. Er wusste, dass er das hier tun musste, heute Nacht, und dass er es schaffen würde, ohne dass der Verdacht auf ihn fiel. Er *wusste* es einfach.

Niemand hatte ihn in dem trägen Ort erkannt. Morgen würde er seinen Bart abrasieren, das Haar schneiden, seine normalen Kleider wieder anziehen und ganz normal gehen.

Plötzlich lächelte er. Er fühlte das Messer unter dem Arm.

Er hörte ein sprödes Knacken vom Weg. Noch ein Knacken. Jemand ging dort. Vielleicht hörte er sogar eine Stimme, die seinen Namen ganz leise aussprach. Er ging auf das Geräusch zu. Ging zur Hütte. Sie stand auf der Veranda, wie beim letzten Mal, in dem ersten Leben.

»Du bist gekommen«, sagte er.

»Hast du etwas anderes erwartet?«

»Nein.«

»Also, was passiert nun?«, fragte sie.

»Ich weiß nicht«, sagte er und kam näher. Sie bewegte sich nicht.

»Und du hast keine Ahnung, wer diese Anzeige aufgegeben haben könnte?«, fragte sie. Er meinte, ihre Zähne in ihrem Gesicht aufblitzen zu sehen.

»Natürlich nicht«, sagte er. Jetzt, dachte er. *Jetzt*. Ich mache fünf Schritte, und dann ist es vorbei. Ich habe es schon einmal gemacht. Fünf Schritte, eins, zwei …

»Jedenfalls war es gut so«, sagte sie.

Er blieb beim zweiten Schritt stehen.

»W … wieso?«

»Es musste ein Ende haben«, sagte sie, und ihm war, als ginge sie auch einen Schritt vor. »Ich glaube, ich habe inzwischen so normal gelebt, wie man es nur erwarten kann, aber dann hast du von dir hören lassen. Ich habe dir immer wieder versucht zu erklären, dass das nicht geht, aber du wolltest nicht zuhören, Peter. Oder nicht verstehen.«

»W … wieso«, wiederholte er. Er hatte immer noch nicht den entscheidenden dritten, vierten und fünften Schritt gemacht.

»Du selbst hast uns dazu getrieben«, sagte sie. »Ich habe dich gebeten. Ich habe versucht, es dir begreiflich zu machen. Aber du konntest es nicht begreifen. Oder du wolltest nicht.«

Jetzt. Er machte noch einen Schritt. Er konnte sie nun fast berühren.

»Bisher bedeutete das Leben nichts für mich, aber jetzt habe ich … wieder Lust am Leben gekriegt«, sagte sie. »Doch ich glaube, auch das verstehst du nicht. Aber ich kann dir nicht länger … vertrauen,

Peter. Das Geheimnis ist nicht mehr sicher. Verstehst du, was ich sage?«

Besser als du glaubst, dachte er. Er schob seine Hand in die Jacke und umfasste den Griff des Messers. »Lebe wohl, Bri…«

Die Schritte eines Mannes, der hinter dem Hüttengiebel hervortrat.

»Du bist hergekommen, Peter.« Sie sah ihn an und schräg zur Seite zu dem Mann, der näher kam wie ein großer Panther. Er war schwarz wie ein Panther in dem Schatten. »Du bist derjenige, der gekommen ist. Du hast angerufen. Du hast in der Vergangenheit gebohrt, immer wieder. Hast alles wieder aufgewühlt.«

Er schaute sie und den Mann an, immer abwechselnd.

»Hast du selbst die Anzeige aufgegeben, Peter?«, fuhr sie fort.

»W… wieso?«

»Ich will das wissen. Hast du die Anzeige aufgegeben?«

Er dachte nach. Er brauchte das Messer nicht zu zeigen. Er konnte von hier fortgehen, ohne dass sie es wusste. Wenn er zugab, dass er die Anzeige aufgegeben hatte, würde sie begreifen, dass er sie unbedingt treffen wollte und vielleicht wieder mit ihr leben wollte, dass sie ihm deshalb glauben konnte.

Sie würde das glauben, was ja wirklich die Wahrheit war, aber er würde ihr nicht die ganze Wahrheit sagen.

Er würde eine zweite Chance haben, bald. Und dann würde sie ihren Panther mit dorthin nehmen, wohin sie gehen sollte. Du kannst nichts dorthin mitnehmen, aber ihr könnt gemeinsam dorthin gehen, dachte er. Der Panther war jetzt eingeweiht. Peter war klar, dass sie ihm alles erzählt hatte.

»Ja«, sagte er.

»Du selbst hast die Anzeige aufgegeben?«

»Ja. Ich wollte unbedingt die Möglichkeit haben, dich zu treffen.«

Er konnte die Erleichterung in ihrem Gesicht sehen. Es gab keine dritte Partei. Er sah, dass sie das dachte. Keinen Zeugen aus der Vergangenheit. Er sah, wie sie dem Panther zunickte, als der näher kam.

Jetzt war es vorbei. Jetzt konnte er gehen. Er zog seine Hand aus der Innentasche und machte einen Schritt zur Seite.

»Leb wohl, Peter«, sagte sie, und er sah eine schnelle Bewegung von der Seite. Etwas traf ihn im Gesicht. Alles wurde rot in seinem Kopf, und er spürte, wie er hochgehoben und dann heruntergelassen wurde, er spürte, wie er in etwas versank, das schwarz und nass war – und dann spürte er gar nichts mehr.

Nachweis

Andrea Camilleri (* 6. September 1925, Porto Empedocle)
Was geschah mit der kleinen Irene? Aus dem Italienischen
von Moshe Kahn. Aus: Andrea Camilleri, *Die Ermittlungen des Commissario Collura*. Copyright © 2003 by Verlag
Klaus Wagenbach, Berlin

Agatha Christie (15. September 1890, Torquay – 12. Januar
1976, Wallingford)
Die Schauspielerin. Aus: Agatha Christie, *Solange es hell
ist.* Copyright © 2009 by S. Fischer Verlag, Frankfurt

Doris Dörrie (* 26. Mai 1955, Hannover)
Mit Messer und Gabel. Aus: Doris Dörrie, *»Was wollen
Sie von mir?«*. Copyright © 1989 by Diogenes Verlag,
Zürich

Friedrich Dürrenmatt (5. Januar 1921, Konolfingen – 14. Dezember 1990, Neuenburg)
Ein moderner Tell. Auszug aus: Friedrich Dürrenmatt, *La-
byrinth Turmbau. Stoffe I-IX.* Copyright © 1998 by Diogenes Verlag, Zürich

Åke Edwardson (* 10. März 1953, Vrigstad)
Ein zweites Leben. Aus dem Schwedischen von Christel
Hildebrandt. Aus: *Morde in hellen Nächten. Die besten
Kriminalgeschichten aus Skandinavien.* Herausgegeben von
Gabriele Haefs und Christel Hildebrandt. Copyright ©
2001 by Scherz Verlag, Bern München Wien
Winters Urlaub. Aus dem Schwedischen von Susanne
Dahlmann. Aus: *Eifersucht. Krimigeschichten aus Skandi-
navien.* Copyright © 2007 by Piper Verlag GmbH, Mün-
chen

Jörg Fauser (16. Juli 1944, Bad Schwalbach – 17. Juli 1987, zwischen Feldkirchen und München-Riem)
Delgados Schatten. Aus: Jörg Fauser, *Mann und Maus*. Diogenes Verlag, Zürich, 2009. Copyright © 2004 by Alexander Verlag, Berlin

Friedrich Glauser (4. Februar 1896, Wien – 8. Dezember 1938, Nervi)
Kriminologie. Aus: Friedrich Glauser, *Ich bin ein Dieb und andere Kriminalgeschichten*. Limmat Verlag, Zürich, 2008

Dashiell Hammett (27. Mai 1894, Maryland – 10. Januar 1961, New York)
Noch ein perfektes Verbrechen. Aus dem Amerikanischen von Claus Sprick. Deutsche Erstveröffentlichung. Copyright © 2013 by Diogenes Verlag, Zürich

Patricia Highsmith (19. Januar 1921, Forth Worth – 4. Februar 1995, Locarno)
Die Invalidin oder die Bettlägerige. Aus dem Amerikanischen von Melanie Walz. Aus: Patricia Highsmith, *Kleine Mordgeschichten für Tierfreunde. Kleine Geschichten für Weiberfeinde*. Copyright © 2004 by Diogenes Verlag, Zürich

Donna Leon (* 28. September 1942, New Jersey)
Iss nur, das tut dir gut! Aus dem Amerikanischen von Monika Elwenspoek. Aus: *Ladies of Crime*. Copyright © 2009 by Diogenes Verlag, Zürich

Henning Mankell (* 3. Februar 1948, Stockholm)
Der Berufskiller. Aus dem Schwedischen von Lotta Rüegger. Aus: *Elche im Schnee. Die schönsten Weihnachtsgeschichten aus Schweden*. Herausgegeben von Holger Wolandt. Piper Verlag, München, 2003. Abdruck mit freundlicher Genehmigung von Leonhardt & Hoier, Kopenhagen und Lotta Rüegger
Ein Mörder namens Wirén. Aus dem Schwedischen von Lotta Rüegger. Aus: *Mord. Krimigeschichten aus Skandinavien*. © 2007 by Piper Verlag GmbH, München

*Bitte beachten Sie
auch die folgenden Seiten*

Nicht schon wieder tot!
Hinterhältige Kriminalgeschichten
Ausgewählt von Daniel Kampa

Mit diesem Buch hält der Leser eine Sammlung Kriminalgeschichten in den Händen, die so raffiniert sind, dass selbst der abgebrühteste Krimifan seinen Spaß haben wird. Denn wer so schlau ist und vermutet, dass alles anders kommt, als man denkt, wird überrascht feststellen, dass es sogar nochmals anders ausgehen kann.

Patricia Highsmith, Friedrich Dürrenmatt, Ray Bradbury, Ingrid Noll oder Jakob Arjouni garantieren wohlige Gänsehaut. Und auch Klassiker wie Edgar Allan Poe und Arthur Conan Doyle liefern spannende Geschichten – und genügend Leichen.

»Wenn Sie mir mehr (Krimis) schicken, werde ich keine Zeit mehr haben, Philosophie zu treiben.«
Krimi-Fan Ludwig Wittgenstein
in einem Brief an Norman Malcolm

»Noch heute lese ich lieber Krimis als Wittgenstein.«
Jean-Paul Sartre

Ingrid Noll
im Diogenes Verlag

»Sie ist voller Lebensklugheit, Menschenkenntnis und
verarbeiteter Erfahrung. Sie will eine gute Geschichte
gut erzählen, und das kann sie.«
Georg Hensel / Frankfurter Allgemeine Zeitung

Der Hahn ist tot
Roman

Die Häupter meiner Lieben
Roman

Die Apothekerin
Roman

Der Schweinepascha
in 15 Bildern. Illustriert von der Autorin

Kalt ist der Abendhauch
Roman

Röslein rot
Roman

Selige Witwen
Roman

Rabenbrüder
Roman

Falsche Zungen
Gesammelte Geschichten
Ausgewählte Geschichten auch als
Diogenes Hörbücher erschienen:
Falsche Zungen, gelesen von Cordula
Trantow, sowie *Fisherman's Friend*,
gelesen von Uta Hallant, Ursula Illert,
Jochen Nix und Cordula Trantow

Ladylike
Roman
Auch als Diogenes Hörbuch erschie-
nen, gelesen von Maria Becker

Kuckuckskind
Roman
Auch als Diogenes Hörbuch erschie-
nen, gelesen von Franziska Pigulla

Ehrenwort
Roman
Auch als Diogenes Hörbuch erschie-
nen, gelesen von Peter Fricke

Über Bord
Roman
Auch als Diogenes Hörbuch erschie-
nen, gelesen von Uta Hallant

Außerdem erschienen:

*Die Rosemarie-Hirte-
Romane*
Der Hahn ist tot /
Die Apothekerin
Ungekürzt gelesen von Silvia Jost
2 MP3-CD, Gesamtspieldauer
15 Stunden

*Weihnachten mit Ingrid
Noll*
Sechs Geschichten
Diogenes Hörbuch, 1 CD, gelesen von
Uta Hallant

Patricia Highsmith
im Diogenes Verlag

Werkausgabe in 32 Bänden. Herausgegeben von Paul
Ingendaay und Anna von Planta in Zusammenarbeit
mit Ina Lannert, Barbara Rohrer und Kate Kingsley
Skattebol. Jeder Band mit einem Nachwort von Paul
Ingendaay.

Bisher erschienen:

Zwei Fremde im Zug
Roman. Aus dem Amerikanischen von Melanie Walz

Der Schrei der Eule
Roman. Deutsch von Irene Rumler

Das Zittern des Fälschers
Roman. Deutsch von Dirk van Gunsteren

Die stille Mitte der Welt
Stories. Deutsch von Melanie Walz

Lösegeld für einen Hund
Roman. Deutsch von Christa E. Seibicke

Der talentierte Mr. Ripley
Roman. Deutsch von Melanie Walz

Ripley Under Ground
Roman. Deutsch von Melanie Walz

Die Augen der Mrs. Blynn
Stories. Deutsch von Christa E. Seibicke

Der Schneckenforscher
Stories. Deutsch von Dirk van Gunsteren

Daraus die Story *Als die Flotte im Hafen lag*
auch als Diogenes Hörbuch erschienen,
gelesen von Evelyn Hamann

Ripley's Game oder Der amerikanische Freund
Roman. Deutsch von Matthias Jendis

Ediths Tagebuch
Roman. Deutsch von Irene Rumler

Nixen auf dem Golfplatz
Stories. Deutsch von Matthias Jendis

›Small g‹ – Eine Sommeridylle
Roman. Deutsch von Matthias Jendis

Der Geschichtenerzähler
Roman. Deutsch von Matthias Jendis

Leute, die an die Tür klopfen
Roman. Deutsch von Manfred Allié

*Geschichten von natürlichen und
unnatürlichen Katastrophen*
Stories. Deutsch von Matthias Jendis

In Vorbereitung:

Materialienband
(vorm.: *Patricia Highsmith – Leben und Werk*)

Suspense oder Wie man einen Thriller schreibt
Werkstattbericht

Außerhalb der Werkausgabe lieferbar:

Nixen auf dem Golfplatz
Erzählungen. Deutsch von Anne Uhde

Zeichnungen
Ausgewählt und herausgegeben von Daniel Keel
Mit einem Vorwort der Autorin und
einer biographischen Skizze von Anna von Planta

Katzen
Drei Stories, drei Gedichte,
ein Essay und sieben Zeichnungen

Trautes Heim
Stories. Diogenes Hörbuch
Inhalt: ›Trautes Heim‹, ›Die Schildkröte‹,
›Woodrow Wilsons Krawatte‹, ›Ein seltsamer Selbstmord‹
2 CD, gelesen von Franziska Pigulla